偵探已經，死了。
10
La detective
está muerta.
二語十
[ill] うみぼうず
La detective
está muerta.

Contents

繪圖●うみぼうず

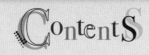

【贈自未來的序章】

我的皮鞋踩到玻璃的聲音響徹寂靜的廢墟。

「你是笨蛋嗎？」

緊接著是如此罵我的聲音。明明在責怪人不要發出聲響，自己罵人的聲量倒也不小。

「既然你都發出聲音了，繼續保持安靜也沒意義啦。」

「好啦好啦，是我不對。」

荒廢的幽暗屋內。我一邊注意著腳邊，一邊走在偵探……希耶絲塔的旁邊。

「說到底，如果不想發出聲音，妳應該背著我走吧？」

「你的狡辯方式可真是脫離常軌。」

希耶絲塔雖然深深嘆氣，卻依然把背部轉向我問了一聲：「要上來嗎？」

「以社會觀感來看，用背的跟公主抱哪個會稍微好一點？」

「我想應該都很差勁吧。」

原來如此，成年男性真辛苦。

「話說回來，好久沒有跟妳這樣兩個人一起到外國來工作了。」

我們現在來到的地方是距離母國一萬公里遠的美國東部鄉下——又更郊區的一處廢墟。我和希耶絲塔在這地方尋找著某個人物。

「你是笨蛋嗎？」

「這次步調可真快。」

「現在可沒時間讓你感懷往事。要是這裡沒找到，我們還要立刻到下個地點去。」

「我知道。渚跟米亞應該也是這樣打算的。」

就在我想著同樣前往遙遠的異鄉執行任務的那兩人時——希耶絲塔忽然停下腳步。難道說……

「退下。」

有什麼東西要來了。當我明白這點時，希耶絲塔已經衝出去準備迎戰。隨即傳來槍響，是希耶絲塔開的槍。

然而沒有擊中目標，讓她咂了一下舌頭。

「……！」

敵影在黑暗中閃動。伴隨一聲打擊聲響，希耶絲塔的槍從她右手脫落。

「希耶絲塔！」

我將短刀連同刀鞘一起丟給她。只要想想現在的敵人是誰，或許用短刀會比較好應付。

「已經多少年沒有跟妳交手了？」

把刀鞘拔開的希耶絲塔，感覺好像露出淡淡的微笑。

一片黑暗之中響起金屬聲。敵人也跟希耶絲塔一樣把武器拔出來了。接著雙方的刀子互相擊出火花。把這片無論地面狀況或視野都很差的場所選為戰場的兩名女性，正在較量此時此刻是誰高出對手一等。

不久後，我知道她們暫時分出高下了。因為刀子互相撞擊的金屬聲響完全停息下來。於是我打開剛才找到的屋內緊急電源。在即便如此依然昏暗的燈光中，隱約浮現出武器被折斷的兩人身影。是希耶絲塔，以及另一個人。

「如何？妳要繼續打也可以喔——風靡。」

希耶絲塔如此詢問紅髮的刑警。不對，是暗殺者。

「妳就算沒有武器也能戰鬥吧？」

「假如是純粹的肉搏戰，我搞不好會把妳殺掉喔？」

畢竟我忘了該如何手下留情——風靡小姐說著，揚起嘴角。

「……那是怎樣？代表妳剛才也在放水囉？」

「哈！妳還是這麼幼稚啊，名偵探。」

平手啦，平手——風靡小姐如此表示，並且把背靠到牆上叼起菸。上次看到這個人吸菸是什麼時候的事情了？

「我們找了妳好久。」

聽到我這麼說，對方只有瞬間朝我瞥了一眼後，吐出長長的白煙。

前《暗殺者》加瀨風靡。我從很久以前就認識的一名警察，不過真實身分是暗中活躍於檯面下世界的職業殺手。據說過去在《聯邦政府》的命令下祕密葬送了許許多多的人物。對我來說算是自己人，但偶爾也會是敵人……這次不曉得會是哪一邊。

大約一年前，被稱為《大災禍》的世界危機平息後，她緊接著就因為叛國罪名而入獄了。雖然風靡小姐本人對於這點似乎表現得心甘情願，可是後來又趁著布魯諾·貝爾蒙多在《聖還之儀》上發動叛變時趁亂越獄。

我和希耶絲塔則是為了獲得關於遺失的世界紀錄——尤其和《怪盜》相關的情報，一路調查著當年主要負責搜查怪盜的風靡小姐的下落。

「為什麼你們會知道這裡？」

風靡小姐用手指夾著菸，如此詢問希耶絲塔。

「正在躲避政府追捕的妳，想必到現在依然在接受布魯諾先生的指引。因此我們只是把他生前當成藏身處的地方全部找一遍罷了。」

沒錯，所以現在渚和米亞才會跟我們分頭行動。她們同樣也在調查風靡小姐可能當成潛伏據點的其他候補地點。

「看來妳並沒有和其他《調律者》一起行動。」

例如《發明家》、《革命家》或《名演員》，他們想必也是和生前的布魯諾基於相同目的在行動才對。

「我並沒有連那幫人都視為同伴。我只依照自己的基準行動。」

「意思說妳不信任任何人？——現在也是？」

對於我的提問，風靡小姐保持沉默。

短暫寂靜後，換成希耶絲塔開口問道：

「妳知不知道夏洛特在哪？她好像正在找尋妳的下落。」

這是對我們來說最重要的正題之一。這幾個禮拜，夏洛特失去了聯絡。而她最後留給希耶絲塔的訊息表示：假如和她無法取得聯絡時，她要我們去找加瀨風靡。

「不知道。」

然而風靡小姐卻一臉訝異地用攜帶式菸灰缸捻熄香菸。

「說到底，不僅限於她，只要有任何人在跟蹤我，我一定可以察覺。」

說得還真有自信……不過她看起來應該沒有撒謊。

「意思說，夏露在那之前的階段就遇上了什麼意外嗎？」

例如被什麼人抓走之類的。

「目前就算靠《黑衣人》也找不到她。不過由這點反過來想，代表敵人是透過《黑衣人》也無法應付的對手。」

希耶絲塔刻意用「敵人」這樣強烈的字眼進行考察。

「那麼擄走夏露的對手……難不成是《聯邦政府》？」

是打算把夏露拿來當成什麼威脅我們用的材料嗎？是所謂「如果想保住同伴的性命——」那種脅迫戲碼？不，若真如此應該早就跟我們接觸了。政府擄走夏露肯定還有其他更合理的理由……

「你們找我就為了這件事嗎？」

風靡小姐看到我們一時之間束手無策的樣子，便如此開口。

「我還有工作要做。畢竟在牢裡關了一年，累積的工作堆積如山呀。」

趁我還沒改變心意之前快滾——她瞇著眼睛如此表示。

那眼神感覺她手上的香菸何時換成短刀都不奇怪。

「是嗎？我倒是在想，我跟妳的目的應該都是一樣的吧？」

聽到希耶絲塔這句話，風靡小姐的眉頭微微動了一下。

「找回失落的過去紀錄——或者最起碼要讓我們回想起那段記憶。既然妳是在生前的布魯諾先生指引之下行動，應該就會這麼想才對。」

布魯諾一幫人從很早的階段就察覺到現在世界正陷入危機之中。例如《怪盜》、例如《虛空曆錄（Akashic records）》、例如《特異點》。他們發現這些紀錄從地球上消失，而且人類的記憶也遭到了改寫。

因此布魯諾才會敲響警鐘，甚至對政府發動叛變。然後又將那份遺志託付給其他剩下的前《調律者》們。我們和風靡小姐縱然立場不同，但目標方向應該是一致的。

「我說，風靡。妳記得多少？能夠回想到什麼程度？」

希耶絲塔詢問後，又陷入不知第幾次的寂靜。推測應該長時間與布魯諾接觸過的風靡小姐，很有可能比我們更接近真相。

「你們在尋找取回記憶的道具對吧？」

雖然答非所問，不過風靡小姐這句話依然具有意義。可見布魯諾應該告訴過她《聖遺具》的存在。

「我們目前找到的《聖遺具》有兩個。然後我預測第三個應該就在這裡。」

希耶絲塔豎起手指嘗試說明。

「以日本的某個地點為起點，距離找到第一個《聖遺具》的布魯諾先生家剛好一萬公里。距離米亞發現第二個《聖遺具》時建在旁邊的《終末時鐘》同樣是一萬公里。然後此刻，我們所在的這個場所也是。雖然不到假說的程度，但我認為非常有暗示性。」

「所以妳推測我也會潛伏在這裡？」

對於風靡小姐的問題，希耶絲塔淡淡微笑。

「那麼妳說日本的某個地點是哪裡？」

「嗯～關於這點嘛，妳等會自己去看世界地圖吧。」

實際上，的確只要稍微查一下就能知道大致上的位置。希耶絲塔所說的地點，就位於日本的北陸地方。

然而目前只有希耶絲塔知道更詳細的場所。因為布魯諾家和終末時鐘的地點是她分別從諾艾爾與米亞的描述中分析出來的。而她並沒有告訴過我那個起點的具體位置。

不過我其實隱約有一點頭緒。那是距今七年前的黃金週假期時，我因為某個事件為契機拜訪過的，充滿回憶與恩怨的場所。

「我們現在也是在他的引導下來到這裡的。」

希耶絲塔口中的「他」究竟是指誰？

我似乎知道，但同時又覺得現在還不是搞清楚這點的時候。

「好啦，我們分頭來找《聖遺具》吧。」

希耶絲塔說著，帶頭往前進。

這棟植物茂密的幽暗廢墟原本可能是這附近一帶地主的宅邸。探索了約五分鐘後，希耶絲塔忽然對我們叫了一聲。

「這裡，聲音不一樣。」

她用鞋子踏了幾下地板，隱約傳來像是回音的聲音。

「你們退後。」

於是風靡小姐讓我們拉開大約五公尺的距離後，不知扔出什麼東西。

過了幾秒，隨著爆炸聲響揚起一片塵土。

「好，去找所謂的《聖遺具》吧。」

「萬一炸壞了妳要怎麼負責啦？」

我嘆著氣伸頭窺探被破壞的地板……發現底下是空洞。看來是一條小小的地底通道。

「我去。」

拿著手電筒的希耶絲塔毫不猶豫地跳入洞中。「喀、喀」的腳步聲逐漸遠去，但幾十秒後就靜了下來。接著沒多久，腳步聲又慢慢靠近。走回來的希耶絲塔手中抱著一個土黃色的三角錐物體。

「它被擺在一個像祭壇的地方。」

希耶絲塔如此說著，並抓住風靡小姐伸下去的手爬上來。抱在她手中的毫無疑問是第三個《聖遺具》。

「助手？」

希耶絲塔接著注意到，我站在《聖遺具》前不太願意把手伸過去。

「我知道，必須由我來做才行。必須觸碰這玩意找回記憶才行。但是我恐怕又會連自己不應該知道的事情都看見。」

上次也是這樣。我看到了吸血鬼之王的最後。感覺那不是我應該要知道的事情。那應該是在只屬於王與新娘的世界中完結的故事。

「我本來不該有權利去干涉人家的故事。」

例如《特異點》也是，我原本直到最近都沒想起過那樣的設定。說不定其實是我按照自己的意志選擇將它遺忘。就像艾絲朵爾曾經說過的，會不會是我在逃避扮演《特異點》這樣的角色，而主動放棄與世界扯上關係？

「隨便講講啦。」

我知道，要是我不觸碰這玩意，一切都無法開始。

結果希耶絲塔面露苦笑，但同時也把手掌放到我手上。嘴巴沒有多說什麼。自從她重新醒來後，不，從她醒來之前，我們就已經充分交談過了。

我們就這樣手疊著手，觸碰《聖遺具》。

第三次，記憶宛如跑馬燈般連續閃過腦海的感覺。欠缺的拼圖被填上，原本連遺漏都沒注意到的故事逐漸被補回來。然後——

「——嗚！」

比起前兩次更多的情報一口氣流入腦中，害我忍不住噁心想吐。

「——啊啊，對了。有過這件事啊。」

我被希耶絲塔輕撫著背部，稍微恢復了鎮定。就在那一天，我們知道了。

《虛空曆錄》(Akashic records)的真面目。然後知道了這點的我們……

「…………」

我和風靡小姐一瞬間對上視線，但她很快又把眼睛別開。

她大概很清楚吧。我接下來要講的往事，會提到跟她關係匪淺的那個男人——那個正義使者。

「助手，可以講給我們聽嗎？」

希耶絲塔的碧眼注視著我。

這次的故事開始於《吸血鬼叛亂》爆發之後，包括《聯邦政府》在內的全世界陷入混亂的那段時期。也是關係到第十二位《調律者》的《怪盜》，以及我們接近了世界祕密的核心——《虛空曆錄》的故事。

「老實說，我不認為自己有資格敘述這些事情。所以如果在途中認為不妥的時候，隨時可以打斷我沒關係。」

我先提出這樣一段開場白後，化為說書人開始講述。

這是一段探求各種正義應當如何存在的故事。

【第一章】

◆錯誤連篇的泳裝回

八月。夏日午後的陽光下，蔚藍的大海閃閃發亮。

假如這裡是日本，應該可以看到許多穿著泳裝的年輕人們嬉戲玩鬧。然而這個國家的人們來到海邊似乎主要是為了日光浴，很少人會下水。我也和他們一樣，坐在遍地小石的礫灘上呆呆眺望著海面。

「久等囉。」

幾分鐘後，我等待的人物現身了。工作伙伴兼大學同學——泳裝打扮的夏凪渚。我們利用暑假期間來到了這個地方——英國。

「咦？怎麼跟我想像的景象不一樣？」

不過夏凪卻對於和日本截然不同的海灘風景感到困惑並坐到我旁邊。

「而且話說，還有點涼呢。」

「畢竟英國就算到了盛夏時期也頂多只有二十度左右。」

「我第一次知道。難得是泳裝回的說……」

夏凪看著自己那套據說是為了這次特地買的泳裝，噘起嘴巴。

總覺得去年好像也講過類似的話？算了，多想無益。

「說到底，我們到這個國家來也不是為了玩啊。」

「我知道啦。做為《名偵探》，我要認真出席《聯邦會議》才行。」

平常總是分散於世界各地的《調律者》們，在《聯邦政府》召集下齊聚一堂舉行的會議。這次的邀請函是在一個禮拜前送到了夏凪手中。

內容雖然沒有寫明具體的議題，不過還是用公文化的字句表示《調律者》務必出席參加。於是我和夏凪來到了指定為舉辦地點的這個國度。

「想必不會是什麼愉快的議題吧。」

假如萬事順遂，應該就不需要召開什麼會議才對。

實際上自從那場《吸血鬼叛亂》之後，包含《聯邦政府》在內的整個世界都呈現慌忙的狀態。想當然，《吸血鬼》的繼任者也還沒決定，讓《調律者》依然有一席空缺。就連《名偵探》的下一個使命都還沒個頭緒。搞不好，這次將會是一場很混亂的會議。

「會議是傍晚開始對吧？」

「嗯，所以我想說，至少在那之前要稍微玩一下。」

泳裝打扮的夏凪抱著雙腿露出微笑。

看來她跟以前的名偵探一樣，把這次遠征當成旅行在享受的樣子。

「喂，幫我塗個防晒乳吧。」

夏凪用變調的聲音說著，轉身背對我。

雖然日晒不算強烈，但既然有露出肌膚，或許還是需要進行一定程度的保養吧。

於是我拿起瓶子，將液體倒在手掌並塗抹到夏凪健康的肌膚上。

「……嗯！」

就在我的手觸碰到她背部的瞬間，她全身抖了一下。

「不要發出奇怪的聲音！」

「這、這是泳裝回的經典橋段呀！」

妳從剛才就對泳裝回講究太多了吧。

「君塚對於所謂的正統太不瞭解了。」

「我可不認為妳所想的正統就等於社會上的常識。」

「好過分！我想的只是很普通的互相潑水啦，玩沙灘排球啦，泳衣被水沖走差點讓胸部被心儀的男生看見，不過那個男生有點害臊地牽起手把女生帶到岩石後面以免被其他人看到而已呀！」

「不要妄想讓自己的裸體意外被心儀的男生看到行不行？」
唉，夏凪就是像這樣的部分很讓人擔心。這種為了別人可以輕易把自己奉獻出去的個性。
「可別哪一天讓重要的東西被人奪走囉？」
塗完防晒乳後，夏凪說著「知道啦」並轉回來面向我。
「重要的東西，我會好好獻給重要的對象。」
她用寶石般璀璨的雙眼直盯著我。認識當初還帶有些許稚氣的少女，如今也成長為美麗的大人了。
後來夏凪帶著我一起下水。似乎還是想嘗試看看老套戲碼的她「嘿！」地把水潑到我身上。還真有點冰。於是我也加倍奉還。
「呀！喂，太過頭了吧！」
「畢竟聽說咱們的偵探要求正統……呃、嗚喔！」
這次何止是加倍，簡直是十倍的巨浪襲來，害我全身溼得一塌糊塗。
「太不講理了。」
「哈哈，你跟希耶絲塔以前也幹過這種事嗎？」
「哎呀，畢竟也一起旅行了三年嘛。」
我回想起以前和希耶絲塔去過的幾個國家與海灘。有時會像剛才那樣潑水，有時坐香蕉船，有時玩玩沙灘排球。

對於把解決事件放在優先考量的我們來說，那些應該都是雞毛蒜皮的小事……然而平常生活中會不經意回想起的，卻總是那些無關緊要的記憶。

「那麼，我們要講好多事情給她聽才行呢。」

「是啊，肯定會講到時間都不夠用吧。」

希耶絲塔的手術就快開始了。

將《發明家》史蒂芬製造的人工心臟與希耶絲塔左胸中那顆被《種》侵蝕的心臟交換的大手術。就算手術順利成功，將自身意識託付給那顆特殊心臟的希耶絲塔醒來後，恐怕也會喪失她原本的記憶與人格。

但我們依然做出了這項選擇。即使會伴隨喪失，我們依然希望她能活下去。因此等到哪天希耶絲塔清醒過來後，我們要一一講給她聽。

關於她的代號，喜歡的紅茶香氣，一同度過的回憶──像這樣藉由我們的手，讓希耶絲塔再度成為偵探。

「我記得全部。代替她，我全都記得。」

所以不用擔心。

只差一點了。距離偵探站起來走在溫暖陽光下的那一天，只差一點了。

「妳等著吧，希耶絲塔。」

我在心中把手直直伸向耀眼的太陽。

◆永遠的正義之國

離開海灘後，我和夏凪搭乘《聯邦政府》安排的車輛移動地點。

車子帶我們來到的地方是一座世界遺產的宮殿，四周很不自然地看不到半點人影。這地方似乎就是《聯邦會議》的會場了。

下午四點，我和夏凪一起穿過入口。走過一條長長的走廊抵達舉行會議的大廳，發現已經有幾個人先到了。

「上、上天保佑，總算有認識的人來啦……」

其中一名身穿巫女裝扮的藍髮少女啪噠啪噠地走過來。

《巫女》米亞・惠特洛克。

我們平常都是透過電腦螢幕見面，好久沒有像這樣當面對話了。

「米亞，妳已經來啦？」

「嗯，可是差點就要回去了。」

不要在會議還沒開始前就回去啊。

「奧莉薇亞小姐沒有跟妳一起來嗎？」

夏凪這麼詢問米亞。附近看不到那位巫女的隨從。

「她說她檯面上的工作很忙。最近幾乎都在飛機上。」

米亞微微鼓起腮幫子，埋怨著此刻也在上空一萬公尺處當空服員的奧莉薇亞。

「意思說妳一個人來的？明明是個家裡蹲，很棒喔。」

「不、不要說我家裡蹲呀……我想說這次地點是在國內，要是不出席再怎麼樣都講不過去，所以努力過來的。」

原來如此。可是一到現場卻發現沒有半個認識的人，結果早早就想打退堂鼓了是吧？她還是老樣子，可憐得很可愛。

「那就跟我一起坐吧！」

夏凪拉著米亞的手，跑到旁邊一張看起來很高級的沙發坐下。

被兩人丟下的我重新觀察周圍。

這間宛如豪宅待客室的房間中到處擺有應該是出自知名設計師之手的桌椅，先來的《調律者》們各自在不同的地方。

其中一位是身穿深色西裝的墨鏡男子——我也經常受到關照的《黑衣人》。另外還有兩位。用黑紗遮掩臉部的高䠷女性，以及頭戴機車安全帽、身穿騎士外套的男人。兩個人都看不到長相。

「那位女性是《革命家》，然後男性是《名演員》喔。」

從一旁忽然傳來說明的聲音，讓我忍不住把頭轉過去。

一名老翁無聲無息地站在我身旁。

「好久不見了，《特異點》。或者應該說《名偵探》的助手。」

《情報屋》布魯諾・貝爾蒙多。

上次見到他是去年夏天，和希耶絲塔一起出席的那場《聯邦會議》上。

「之前夏凪受你關照了。」

雖然在這種正式場合上可以和布魯諾見到面，然而私下有事想跟他接觸卻是很難的一件事。不過就在幾個月前發生《吸血鬼叛亂》的時候，夏凪為了尋求布魯諾協助而順利跟他見到了面。

「哪裡，那次對我來說也是很有意義的一場密談。」

讓平衡得以保持了——布魯諾說著，把眼睛轉朝夏凪的方向。

「原來如此，你們建立了這樣的聯絡網。」

順著他的視線望過去，可以看到夏凪打開一臺筆記型電腦，而坐在旁邊的米亞則是對著畫面不知在咕噥些什麼。

映在畫面上的是《魔法少女》莉洛蒂德。她這次要從故鄉的北歐國度透過視訊方式參加這場會議。米亞似乎在跟她爭執的樣子，但想必還是老樣子，只是無關緊要的小鬥嘴而已吧。

「然後呢?布魯諾,你跟那邊的兩個人很熟嗎?」

我用視線示意《革命家》與《名演員》兩人。前者應該是已故的佛列茲・史都華的後繼者,但《名演員》又是什麼職位?

「這世上最重要的事情,是不能誤判天秤的傾角。假若將來有一天要和他們合作保持世界的平衡,到時候我肯定片刻也不會猶豫吧。」

布魯諾如此委婉表示後,坐到一旁的搖椅上。看來他並沒有打算向我介紹那兩人的樣子。

「《發明家》倒是應該不會來了。」

史蒂芬是一名繁忙的醫師。包含希耶絲塔在內,世界上有許多患者需要那雙神之手的拯救。想必此刻也在什麼地方握著手術刀。

「剩下可能會來的頂多是風靡小姐吧。」

「是啊,不過《暗殺者》現在應該也很忙碌才是。」

布魯諾說著,捻鬚表示:「我本來還想跟久違的她見個面的。」

也就是說,這次出席會議的《調律者》總共七名——《名偵探》、《巫女》、《黑衣人》、《革命家》、《名演員》、《情報屋》與視訊參加的《魔法少女》。

不久前還名列《調律者》的《吸血鬼》已經不在。那個職稱再度出現在世上的可能性也已經——

「時間差不多了。」

布魯諾看向大型掛鐘。

緊接著，大廳的門忽然打開。

走進房內的是一名戴面具的人物——不會錯，肯定就是《聯邦政府》的高官。

另外，從那高官背後還出現了一位我也認識的西裝男子。

「咦？大神先生？」

同樣注意到那個人的夏凪發出聲音。

前・代理偵探助手——大神。我以前在莉洛蒂德身邊當她使魔的那段期間，政府派遣了這個男人輔助夏凪。後來我們也透過風靡小姐跟他又見過一次面，不過……

「為什麼不是《調律者》的大神會出現在這裡？」

「君塚君彥，那句話我原封不動地奉還給你。」

被大神如此冷靜反攻，害我一時語塞。

「我是、那個、對啦。畢竟我是《特異點》嘛。」

「這種時候才突然仰賴起那個設定啊。」

「……吵死了。然後呢？為什麼你會和政府的高官在一起？」

我再度詢問這點後，大神回了我一句：「這種事你去問都柏文。」

「杜賓犬（Doberman）？你在講啥？說我是莉露的忠犬嗎？這倒是沒錯啦。」

『君彥，你把自尊心都扔到水溝了嗎？』

犀利的吐槽聲頓時傳來。

在夏凪手中轉朝我的電腦螢幕上，映著半瞇眼睛的莉露。

『都柏文是那個高官的代號啦。負責聯絡《魔法少女》……其實也不能這麼講，但總之我跟他講過幾次話。』

原來如此。再加上艾絲朵爾和奧丁，慢慢可以知道一些高官的名字了。

「我們讓他坐上了《執行人》的位子。」

都柏文這時指著大神如此表示。

「自從前任者過世後，《執行人》的職位長久以來保持空缺——然而就在前些日子《吸血鬼》喪命，《魔法少女》也身負重傷。因此盡快增添能夠執行任務的《調律者》可謂當務之急。」

「似乎就是這麼一回事。雖然我本身對於職位沒什麼執著就是了。」

大神說著，聳聳肩膀。不過既然是繼承故友道格拉斯・亞門的職位，想必也沒有比大神更適合的人選吧。

『話說這可真稀奇呢。政府高官居然會親自出席這種場合。以前這種事情通常都是交給我們《調律者》自行處理的不是嗎？』

無關乎視訊與否，魔法少女依舊態度強勢地如此發言。

『這次會議的議題究竟是什麼？要說最近發生最嚴重的危機應該就是《吸血鬼叛亂》了，但那也已經過了三個月吧？』

「沒錯，因此今日另有主題。我們要討論的不是已然終結的危機，而是將要發生──不，已經在發生的危機。」

都柏文語畢的同時，大廳深處的投影幕映出一張照片。內容簡單形容就是事件的現場。一對男女渾身是血地倒在地上。

「受害人是住在希臘的四十多歲夫妻。而刺殺他們的是兩人就讀中學的獨生子。」

「……意思說，這樁事件已經破案了？」

這確實是一樁慘不忍睹的事件沒有錯。然而，都柏文為何要跟《調律者》們提起這種早已了結的殺人事件？

「好像……有寫什麼字。」

夏凪從沙發起身，抬頭望著投影幕。

「英文字母……不對，希臘字母的A（阿爾法）嗎？」

一如偵探所言。在丈夫的遺體旁邊有個A的文字。紅色的字。可見應該是血字。

「其實這一個月來，世界各地頻傳類似這樣的事件。」

都柏文如此說明的同時，投影幕上切換畫面。殺人現場的照片一張接著一張，每個現場都有留下A的血字。

「這些事件的共通點除了血字以外還有一點：加害者全部都是受害者的小孩。換言之，都是子女殺害父母的弒親慘案。」

投影幕上排列了幾十張照片，盡是鮮血滿布的殺人現場。受害者皆為看起來三、四十多歲的人物，而加害者據說都是他們的兒女。

「可是國籍都不一樣。」

似有共通點，卻又無法確定。這事件究竟是怎麼回事？

「關於本事，巫女的《聖典》有何諭示？」

都柏文如此詢問。感覺似乎抱有什麼確信。

「果然是為了這件事召集我們的呀。」

朝聲音傳來的方向看去，米亞站起了身子。

「這樁事件——《夢幻島計畫(Neverland)》跟亞伯・A・荀白克有關係。」

預言各種災禍的巫女道出了某位大罪人的名字。

亞伯・A・荀白克。諸如國籍、年齡等等能夠鎖定出個人情報的資料一切不明的黑影罪犯。據說至今世界各地發生過的未破案事件中大半都與這人有關，因此各地警察以及相當於警察的眾多組織都在追捕這號人物。

「但是，我聽說這個危機目前是由《暗殺者》負責處理啊。」

「沒錯，正是如此。看來她勤於達成這項使命，甚至連這場會議都無法出席的樣子。」

……原來是這麼回事。確實，我最近也聽說過風靡小姐目前身為《暗殺者》的使命是處決亞伯。

「不過既然這樁事件的幕後黑手是亞伯，那麼解決事件應該也屬於《暗殺者》的任務範圍吧？為何要特地召集我們《調律者》過來？」

這麼詢問都柏文的是大神。他不會因為自己是新成員就畏縮。之所以會接下《調律者》的身分，恐怕也是基於什麼想法。

「大概是因為有什麼特殊的內幕吧。例如說……」

對於我的小聲發言，大神與其他人都把頭轉過來。

「亞伯的真面目其實是《怪盜》亞森，之類的。」

這是以前風靡小姐對我提過的假說。

我聽到幾個人用力吸氣的聲音，緊接著陷入十幾秒鐘的沉默。

「的確，我們也聽過有那樣的說法。」

最後是都柏文打破寂靜。

「不過至少可以確定，亞伯・A・荀白克的危險性難以估計。如今繼續交給《暗殺者》單獨處理恐怕不是良策。故此刻起，將設立《聯邦憲章》的例外條文。」

都柏文轉動戴著面具的臉環顧大廳，並繼續說道：

「各位正義之士，請賭上《調律者》的威信，全面協助逮捕亞伯。」

◆百年後依然在這裡

『哦～這裡就是君彥和前任《名偵探》愛的小窩呀。』

——後來，會議結束。我們回到了位於倫敦的公寓。然後在餐桌上的筆記型電腦畫面中，莉露正窺探著房間內部。

「妳這講法太多語病了。這裡只是單純的工作據點。」

這是以前希耶絲塔簽約的公寓，而當時我也身為她的助手住在這裡工作。去年也因為一些事情有跟夏凪來過一次，之後就沒來了。

『既然說這裡只是單純的工作場所，為何過了這麼多年都沒去解約？』

「……因為、那個啦。像這樣有工作要到倫敦來的時候很方便不是嗎？」

『CP值太低了吧。就為了一年一次的工作？』

莉露對我硬掰出來的藉口面露苦笑。

「莉露，妳就別太捉弄他了。這個家對君塚來說，是充滿昔日和希耶絲塔之間回憶的重要地方呀。」

夏凪坐在我旁邊幫忙講話。

『怎麼？妳這是做為正妻的從容？』

「哎呀別這樣，我知道妳身為前女友會感到焦急，但是冷靜一點吧？」

隔著電腦畫面，上演著一齣難以理解的互嗆戲碼。

我想應該不需要補充說明也知道，她們兩個都既非妻子也不是什麼女朋友。

「不過啊，這公寓也越來越破舊了。聽說快要被拆除的樣子。」

正如剛才夏凪所說，這裡有我和希耶絲塔之間的回憶。

我本來想說等她哪一天醒過來後如果真的失去記憶，就要帶她過來看看的……

但這下看來難以如願了。

「既然這樣，那些事情也要由君塚負責說給她聽囉。」

夏凪垂下眼角看著我。

「例如你們兩人在這塊土地做過什麼工作，過著什麼樣的日子。」

「……是啊，說得對。」

縱然公寓不再，那段日子也不會消失。敘述繼承這些故事想必也是身為偵探助手的工作吧。

「話說米亞呢？」

我們應該有一起回來才對，可是從剛才都沒看到她的人影。

「啊，我帶她到寢室去了。她說她有點累，想休息一下。」

「夏凪，妳太相信米亞了。」

我起身走向寢室開門一看，就發現全身趴在床鋪上的米亞。而且整張臉都埋在枕頭中。

「米亞，那不是希耶絲塔的枕頭，是我的。」

「咿呀——！」

嚇到彈起來的米亞當場把枕頭丟過來。

「根本沒有殘留什麼味道了吧。」

「我、我才沒有要聞學姊的殘香好嗎！我不會做那麼變態的事情好嗎！」

她嬌小的身體踏著重量感滿點的步伐回到餐廳。

『唉～真沒想到掌握世界命運的巫女小姐竟是這麼變態的人呢。』

莉露就像發現什麼有趣的東西般，在畫面的另一邊咧嘴賊笑。

『正義使者私底下其實是個悶聲色巫女。妳角色塑造也太貪心了——』

「好啦，差不多該講正事了。」

米亞用很自然的動作關起筆電，並坐到我和夏凪對面。

她對莉露的態度變得很強勢了嘛。

「關於那位高官講的事情，你們有何打算？」

「哦哦，全面協助逮捕亞伯，是吧？」

政府高官會那樣拜託我們事情（雖然姿態也沒放得很低就是了），算是相當稀奇的狀況。可見亞伯造成的威脅真的非常嚴重。

「雖然都柏文當場沒有承認……但如果《怪盜》亞森的真面目真的就是亞伯，逮捕他的工作歸根究柢應該是屬於偵探和助手的使命才對。」

以前希耶絲塔有這樣交代過。

「嗯，所以我們必須去調查都柏文說的那一連串事件才行。」

夏凪露出嚴肅的表情。

世界各地發生了父母慘遭自己小孩殺害的痛心事件。與亞伯有關的這些事件，據米亞說明似乎叫《夢幻島計畫》的樣子。

「即使靠我看見未來的力量，也無法知道這起事件的真相。」

可是——米亞說著，咬起嘴唇。

「無論心中抱有多大的怨恨，小孩要走到殺害自己父母的地步肯定需要某種強烈的引爆劑。假如這個過程之中真的是亞伯在插手搞鬼，我絕對無法原諒那個人。」

「對了，米亞妳以前……」

我回想起她的身世。有一天變得能夠看見未來的米亞，在父母創辦的宗教中被捧為教祖，當成道具利用。但就算如此，米亞直到最後也沒有捨棄雙親，還努力嘗試抵抗他們遭信眾殺害的未來。

「雖然這種話由我來講也很奇怪，不過拜託你們。務必要阻止這起事件繼續發生。」

巫女有如委託人似的，對偵探低頭拜託。

『那麼莉露也拜託你們。』

重新映在電腦螢幕上的莉露也如此表示。似乎是夏凪打開電腦的。

『畢竟我身體變成這副德行，很難積極提供協助。不過我由衷祈禱，願你們的正義獲得證明。』

聽著米亞與莉露兩人的發言，我和夏凪相視頷首。

「莉露偶爾也會講好話嘛。」

『啥？明明是米亞還這麼囂張。』

嘰哩呱啦，喳喳嚷嚷——米亞和莉露又隔著畫面吵嘴起來。今天一整天，從那場會議開始之前她們就無止盡地在吵架……但是話說……

「咦？她們兩個從什麼時候開始互相叫名字了？」

「夏凪，有時候假裝沒發現也是很重要的技巧。」

感情好到會吵架——或許這樣的人際關係也是存在的吧。

「那君塚也可以用名字叫我喔？」

「……這個、怎麼說，假如認識當初妳就這樣跟我講，或許吧？」

「……看來我邂逅的方式失敗了。」

夏凪有點鬧彆扭地用指頭搓弄瀏海。

就在這時，我放在桌上的手機忽然震動起來。

然而一瞬間就停止，過了五秒鐘後又響。這樣的循環又重複一次的時候，我瞄了一下畫面顯示的字樣。

「誰打來的？」

「不知道。沒有顯示號碼。」

我對夏凪如此回應，並站起身子。

「我稍微去買點喝的。」

這時間附近那家超市應該還有在營業吧。

「那我要買冰淇淋！水果口味的。」

「那我要零嘴。甜的跟鹹的都要。」

『要是莉露也在那邊就好了。算啦，寄個禮物過來吧。』

「妳們到底把我當什麼了？」

我不理會那三人的要求，逕自離開公寓。

一片星空下，我感受著恰到好處的涼意，漫步於夜路上。

超市在大馬路的方向，但我卻鑽進更深處的小巷中。走了三分鐘左右，一陣風掃過臉邊——或者說是殺氣也可以。

「……！這根本擦到了吧？」

我本想確認臉頰有沒有出血，可是殺氣接二連三襲來，害我完全沒有那種餘力。

「這邊可是連一把武器都沒有啊。」

我左撲右滾地拚命閃躲，然而第四道殺氣來得看也看不見——要是對方沒有手下留情，我恐怕就當場斃命了。

「你的功力也還不夠呢。」

對方把匕首轉一圈，解除殺氣並面露微笑。

「唉，虧我特地出來見面還這樣對待我，也太過分了吧——夏露。」

看著一屁股癱坐在地上的我，金髮特務伸出手來。

這就是我和夏洛特·有坂·安德森睽違八個月的重逢。

◆遲來的第一女主角（？）

多半的超市都已打烊的時間，一輛車疾馳於倫敦街上。

「總覺得真有型啊，妳握方向盤的樣子。」

我坐在副駕駛座，瞥眼瞄向正在駕駛的夏露。

胸襟敞開的襯衫搭配黑色休閒西褲。她原本身材就很好，沒見面的這段期間又更進化了。臉上的妝也很成熟，活像什麼間諜電影的登場人物。

「明明不久之前看起來還更傻的說。」

「喂，這講法不算誇獎吧？」

夏露看著正前方，把左手伸過來捏我鼻子。

「太不講理了。」

「好怪的聲音。一陣子沒見，你變聲啦？」

「是因為妳快把我鼻子扯掉了好嗎？」

呵呵——特務露出微笑，把手放回方向盤上。

「言歸正傳。好久不見了，過得好嗎？」

「還好，起碼沒死。」

我上次最後和夏露見面，是在去年齋川的生日派對上。後來我緊接著就被捲入魔法少女的那樁事中，而夏露做為一名特務把活動據點移到海外了。

後來大約八個月的期間，我們雖然為了希耶絲塔的事情偶有聯絡，但沒想到今天會這樣見到面。夏露似乎也是剛好為了工作到這個國家來的樣子。

「很高興看到妳也平安無事。妳應該同樣遭遇過不少危險狀況吧？」

「是呀，一輩子都不用煩惱沒故事可聊呢。」

夏露一邊苦笑，一邊看著前方的紅燈緩緩踩下煞車。

「話說君塚，真虧你還記得那個電話暗號。」

「雖然已經過了大概四年，但有些事情意外地忘不掉啊。」

剛才在公寓那通隱藏號碼的來電。那種間隔奇怪的響鈴方式，是以前我和夏露一起工作時用過的作戰開始暗號。當初是在希耶絲塔的吩咐下決定了這樣的聯絡方式。

因此今天我也立刻明白是夏露到公寓附近來了。雖然我萬萬沒想到她會用偷襲的方式打招呼啦。

「所以說，我察覺妳的意思，自己一個人溜出來啦。但妳為何要叫我出來？」

「……一定要講嗎？」

燈號轉綠，夏露讓車起步。不知為何欲言又止的那張表情與其說是想掩飾隱瞞，看起來比較像是有點害臊的樣子。

「我只是想說，要找你稍微講講話啦。」

她的視線朝副駕駛座上的我短短瞥了一下。

「但不是你想的那樣喔？沒有什麼特別的意思喔？只是該怎麼說，我偶然得知你也在這個國家，覺得不打聲招呼好像也很怪……大小姐不是也說過嗎？要我們相處得更融洽些。」

夏露忽然滔滔不絕地解釋起來。我是不曉得她在慌個什麼勁，但拜託不要把油門踩得那麼深好嗎？車窗外的景色都一瞬間被拋到後面去啦。

「那妳直接到公寓來不就好了？夏凪也在喔？」

「吵、吵死了。小心我加倍殺死你！」

「不要搶別人的口頭禪啦。」

「因為只有我沒有那種像是招牌臺詞的東西呀。」

「不要事到如今才想用那種莫名其妙的方式凸顯自己的角色存在感好嗎？」

我如此吐槽並看向駕駛座，結果和夏露對上了眼睛。祖母綠色的眼眸望著我，塗口紅的雙唇微笑似地彎成弓形。

「果然，偶爾像這樣跟君塚鬥嘴也不錯呢。」

「……妳不看前方會出車禍喔？」

我說著，自己先把頭轉向前面。

……受不了，感覺超怪的。今天的夏露到底是怎樣？該說莫名坦率嘛，或者對我表現得很有好感。究竟是心境上出現了什麼變化？

「然後呢？妳差不多可以告訴我這場兜風的目的地了吧？」

「沒有目的地就不能兜風嗎？」

結果夏露不知為何有點不滿地生氣起來。這感覺不就真的只是想找我聊聊天而安排了這場兜風了嗎……

「……拜託你察覺一下呀，笨蛋。」

對向車的車燈一瞬間照亮昏暗的車內。我看見這位總是對我冷淡又嚴厲的特務，現在臉頰好像有點泛紅。

夜色中的兜風就這麼持續了三十分鐘左右，最後來到海岸附近的一座碼頭。

「休息一下吧。」

聽夏露這麼說，於是我也下車。雖說是夏季，這時間的海邊還是有點冷。

「要披外套嗎？」

我脫下自己的外套，遞給輕輕摩擦著手臂的夏露。她頓時驚訝得張大眼睛，不過接著就「謝謝」地收下外套。

「君塚也變成懂得做這種事的男人啦。」

「還好啦。順道一提，我幾個月前還因為沒有這樣做結果被夏凪罵了。」

假如下次跟齋川有遇上這樣的機會，我就馬上握起她的手幫她取暖吧。她肯定會超級開心的。

「……嗯？」

這時，我不經意察覺後方有車接近。

於是我若無其事地轉回頭，看見幾輛全黑的車子正準備停下來。

「和平的時間已經結束了？」

現在我們正面有那幾輛車，背後則是大海。

這……應該可以想成是被封殺退路了吧？

不久後，從那些車上出現一群頭戴奇怪面具的集團。每個人都穿著斗篷，讓人不曉得內側藏了什麼東西。

「夏露，有帶槍嗎？」

我小聲詢問。必須隨時假設最壞的狀況才行。雖然那些到底是什麼人還不得而知，但我們必須預先準備好對自己有利的展開……

「呃、喂！夏露！」

金髮特務竟獨自一個人朝面具集團走去，而對方集團中也走出一名面具看起來像山羊的人。

那兩人最後面對面站立，對峙了好幾秒鐘。接著打破沉默的，是夏露。

「遵守約定，告訴我有坂梢的下落。」

聽到她這麼說，山羊頭從斗篷底下遞出一張像是便條紙的東西。夏露收下後，逕自走遠。

「呃不，等等！夏露，等一下！」

我對背朝這邊的夏露大聲呼喚。

然而，走向我的卻是以山羊頭為首的面具集團。

他們手上拿著手槍與拘束道具。換言之，這是……？

對於我的悲慘叫聲，特務只稍微回頭一下。

「夏露，妳騙我！」

「抱歉囉，君塚！」

那笑容滿面的模樣簡直教人火大。

◆無盡黑暗的刺客們

「未免太不講理了。」

被銬上手銬腳鐐，倒在車後座的我忍不住埋怨。後來夏露自己一個人離去，我則是被這群神祕的面具集團押上了車子。

來時路上和夏露一起兜風，我還想說難得很愉快的……可惡，那種騙人方式也太奸詐了吧。不過傻傻被騙的我也很沒出息……還得意忘形地借人家外套什麼的，真想對十分鐘前的自己狠狠賞一拳。

「然後呢？這是要把我帶到哪裡去？」

我在內心發誓總有一天要揍夏露一頓，但為了實現誓言也必須先從這個狀況中脫逃出去才行。於是我對駕駛——也就是剛才那個山羊頭詢問這趟地獄兜風之行的目的地。

「總不會是要帶我去喝茶吧？」

現在這輛車上只有我和那個山羊頭。

「你嘴巴可真閒不下來。」

山羊頭竟是個女的。聲音聽起來還頗年輕。

「都沒有恐懼心之類的嗎？」

「很遺憾，綁架這檔事我早就習慣了。話說妳能不能脫下面具給我看看？我很愛美人啊。」

沒反應。看來她不是那種會陪人耍嘴皮的類型。

既然如此……

「我再問一次：你們要把我帶到哪裡去？」

至少他們沒有打算要馬上殺死我的樣子。那麼應該就有交涉的餘地。

「如果這是一場綁架，應該就有準備把我買下的人物才對。是要帶我到那傢伙的地方去嗎？」

「世界上到處都有想得到你內臟的買家。很難跟你講個確切的地點。」

「你們是要把我解體嗎！」

看來對方是個人口販賣組織。我沒想到原來自己的身價已經高漲到那種程度了，不過理由果然是所謂《特異點》的體質嗎？既然如此……

「夏露是以此為餌把我賣掉的？」

然後她能夠得到的交換酬勞就是——

「——有坂梢，是夏洛特的母親對吧？」

又毫無反應了。然而這次的沉默感覺是肯定的意思。

關於夏洛特・有坂・安德森個人部分的情報，我知道兩點：首先，夏洛特的日本血統是來自她母親；另一點是，她目前正私下尋找著行蹤不明的雙親。

「她那對從以前就是軍人的父母有一天突然終止所有聯絡手段，變得下落不明。但畢竟考量到工作性質，會有這種狀況並不奇怪，夏洛特也能理解這點。她說過即使無法見面，自己的父母肯定也在世界上的什麼地方肩負著重大的使命。」

然而，如此說服自己的同時，夏露心中某個角落依然想要尋找她的雙親。例如自己也成為一名特務在世界各地執行任務，或許就能在偶然中與父母重逢——抱著這樣些許的期待。

這些都是我以前聽說的。當然，她不可能親自跟我講。我只是偶然聽到她對希耶絲塔提起這些事情。

「你們和有坂梢是什麼關係？」

剛剛夏露在碼頭詢問過山羊頭們有坂梢的下落。

「我們和有坂梢之間並沒有什麼特別的聯繫。」

山羊頭一副沒啥興趣似地用平坦的語氣說道。

「只是我們的組織在這個檯面之下的社會擁有較廣的人脈，比較擅長尋人罷了。」

「然後夏洛特為了仰賴那個人脈，把我出賣給你們了？」

「真是可憐你了，居然被伙伴背叛。」

——伙伴。真不曉得夏露對於這個詞是如何解讀的。

「嗯？好像有人？」

我不經意看見前方路上有個人影。

那影子大搖大擺地走在車道正中央。

可是山羊頭卻不踩煞車，抱著誰敢擋路就撞死誰的魄力讓車子保持相當快的速度繼續直行……下個瞬間，人影消失。

不對，**人影朝著這輛車撲過來了**。

「嗚！什麼人！」

山羊頭大叫。

她已經理解了。這個汽車鐵塊將要被那道影子吞噬。

沒多久，我聽著緊急煞車的聲音，全身在車內用力衝撞。沒能來得及打方向盤的車子就這麼高速撞上了建築物外牆。

「……痛死啦。」

我感受著自己鼻子流出鮮血，勉強把上半身撐起來。車子的擋風玻璃全破，駕駛座幾乎被壓扁，山羊頭全身無力地趴在方向盤上。

「……雖然我也想撇除敵我關係先救人要緊啦，但這種狀態下我也無能為力。」

我現在手腳都被鐵環銬著，難以動彈。更糟糕的是，從車子冒出了小小的火苗。要是就這樣點燃汽油……

「……！我可不能死在這裡。」

於是我像隻毛毛蟲一樣扭動身體，奮力嘗試脫逃到車外。

「我還有未了的心願，未講的話啊。」

「哦？例如你在人生的最後想說些什麼？」

「那還用說嗎？就是我內心其實對偵探有多麼……」

……嗯？我在跟誰講話？

身體忽然往上浮起來，不知不覺間被什麼人抱出了車外。

接著稍微拉開一段距離後，傳來劇烈的爆炸聲響。剛剛還在搭的車子如今化為一團火球。

「要是我再晚一步，你現在也全身被烤焦啦。記得好好感謝我。」

「雖然那麼跩的態度令人在意……不過，謝謝了。」

我對這位救命恩人，也就是剛才那道人影的真面目說道：

「但是，可以請妳放我下去了嗎，風靡小姐？」

◆劈開戰場的赤紅意志

移動到距離剛才的現場稍遠處的小巷後，我背靠著建築物外牆癱坐到地上。

「得救啦……」

我說著，摸摸剛才被上銬的手腕。手銬腳鐐都被這位紅髮警官解開了。

「負責收拾善後的那些人很快就會過來。」

不知跟誰通了電話的救命恩人走回來。

表面上是警察，檯面下是暗殺者的——加瀨風靡。

我被她拯救過的次數已經多到數不清。但她反過來也常會把各種麻煩事推到我身上，因此應該算是互不相欠吧。

「你所謂負責善後的人是指當地警察嗎？還是《黑衣人》？」

「這點不重要吧。反正就是擅長處理這種事情的組織。」

風靡小姐一副自己的工作已經結束似地點起香菸。看來剛才那場爆炸的後續處理以及面具集團的處置，都會交給應當負責的組織了。

「然後呢？為什麼風靡小姐會在這裡？」

雖然我無意跟救命恩人找碴，但她為何會在這個國家？明明她缺席了《聯邦會議》啊。

「其實我本來也是打算出席會議才來到這裡的，可是臨時改變了主意。」

唉，只因為改變主意就能臨時缺席那樣重要的會議。

現在可是八月的盛夏時期，難不成要說女人心好比秋季多變的天色嗎？

「不對，真要講起來，『女人心』這種表現根本不適合風靡小姐。實在抱歉。」

「你是在對什麼道歉？還是說，你接下來準備真心致歉？」

這位恐怖的警官一副理所當然地把槍拔出來，於是我趕緊安撫她情緒，並請她言歸正傳。

「今天的會議，除了我以外的《調律者》有幾個人出席？」

我被她這麼一問，扳指細數。

《名偵探》、《巫女》、《魔法少女》、《情報屋》、《黑衣人》、《革命家》、《名演員》以及新加入的《執行人》，總共八人。能夠想到的《調律者》幾乎全都出席了。

「我認為，這樣下去無法攻敵人之不備。」

「敵人？」

雖然我忍不住詢問，但也只有一個人了。對於現在的《暗殺者》來說，同時也對我們來說的敵人——亞伯・A・荀白克。

「按照現況，我完全不認為《聯邦政府》有辦法對付亞伯。反正今天的會議上肯定也是說什麼要《調律者》全體合作追捕亞伯之類天真的發言對吧？」

風靡小姐講得簡直就像她當時也在場一樣。

「所以我決定脫離上頭那群人訂下的規則，獨自行動。要是為了打倒亞伯而讓所有人都朝著同一個方向行動，太危險了。」

如此表示後，她也不等我回應就用攜帶式菸灰缸捻熄香菸。

「例如說，也有可能發生這種事情呀。」

下一瞬間，我的身體被壓倒在柏油路上。柔順的紅色秀髮輕輕觸碰我的臉頰。風靡小姐的臉近在眼前。

「還真是熱情又強硬啊。」

「誰會對你這種臭小鬼有興趣。」

緊接著，一旁忽然「砰！」地響起小小的爆炸聲。

是來自什麼人的攻擊——看來我又被這位暗殺者救了一命。風靡小姐退開身子後，我也把臉抬起來。剛才那個山羊頭竟然站在那裡。

「……把那位少年還來。」

敵人穿著宛如緊身衣的戰鬥服，毫不遲疑地朝這邊衝過來。風靡小姐把我輕輕推到後面，迎戰山羊頭。敵人手上沒有武器，但彷彿自己的身體就是凶器一樣，犀利的拳擊腳踢接連襲向風靡小姐。

「似乎不是普通的綁架犯。」

風靡小姐雖然架開對手的攻勢，但最後山羊頭踢出的一腳還是削過她的臉。就在眼瞼上方出血，讓視野被血遮蔽的一瞬間，敵人忽然消失。

這並不是說變成透明人什麼的。山羊頭疾馳於牆上，沿著建築物的外牆往上衝，接著跳躍。從大約二樓的高度儼如斷頭臺般落下一腳。

「愛搞噱頭是不錯。但——」

風靡小姐在柏油路上翻滾閃避，接著……

「華而不實。」

拔槍射擊。然而敵人已經不在那裡，取而代之的是——

「妳想殺了我嗎！」

「誰叫妳進入我的射程範圍。」

「反正妳的射擊範圍一定涵蓋整座倫敦對吧？」

就在我們如此鬥嘴的時候，山羊頭架起一把匕首，步步逼近與風靡小姐的距離。伴隨「咻！」的聲音，匕首波狀揮出。然而紅髮的暗殺者後仰上半身躲開刀鋒，並扭轉身體，用宛如格鬥技一樣美麗的動作踢出一腳——把敵人右手中的匕首踹飛。

「這硬度，是戰鬥用義肢呀。」

風靡小姐瞇起眼睛，盯著敵人的右手。

「那麼我要收回一開始的評價。那不是妳自身的力量。」

「……強大才是正義。」

從戰鬥開始到現在，山羊頭第一次開口。

她接著揮出右拳。風靡小姐儘管用兩隻手臂牢固防禦，依然發出沉重的聲響。衝擊無法抵消，讓風靡小姐彷彿被拖向後方似地彈開了幾公尺。

「現在的妳是正義？人口販賣組織憑什麼發表正義。」

「該活下來的人活下來，該消失的人消失——我稱之為正義。」

山羊頭對我一瞥。

根據她這講法，代表我是應該消失的人嗎？

「是嗎？那麼，妳更是大錯特錯了。」

風靡小姐的紅髮隨著夜風飄盪。

「至少那個小鬼頭是即便拿千萬性命交換也必須活下去的存在。」

這想必不是風靡小姐個人的情感表述。她只是客觀評價君彥君塚這個人……不，應該說《特異點》的價值吧。

「妳，很不正常。」

「是呀，所以才會做這種工作。」

山羊頭與風靡小姐簡短對話後，有如以此為暗號展開下一場對決。兩人同時疾馳，在交錯前的瞬間揮起拳頭。

「我深感抱歉。」

霎時，發生小規模的爆炸。

山羊頭揮起的左手臂炸開了。

「風靡小姐……！」

是那傢伙暗藏在機械義肢裡的炸彈。風靡小姐迎面被炸到了。一片煙霧瀰漫中，山羊頭衝出黑煙朝我奔來。那傢伙的目標終究是我。

「……！我也是有我想伸張的正義好嗎？」

我拔出剛才被風靡小姐救出來時，她偷偷藏到我身上的手槍。

一發、兩發——子彈都被閃開。最後有幾發擊中了那傢伙的右腳。

「……義肢！」

子彈無法貫穿金屬製的腳。敵人很快逼近眼前。

然而就在這時……

「為什麼妳會以為那種程度的爆炸就能幹掉我？」

黑暗中閃過一道紅光。

察覺這點的山羊頭立刻用自己剩下的右手拔槍射擊。瞄得很準確，子彈確實飛向那道紅光——但是沒有擊中。

「這裡是戰場。把猶豫跟天真留在自家床上別帶來。」

奔馳於黑暗中的暗殺者，此刻甚至超越了子彈的速度。

「如果想打擊我的《意志》，先準備好比剛才強一千倍的殺意。」

加瀨風靡拳頭一揮，山羊頭伴隨沉重的聲響被揍飛到遙遠的後方。

「根本不需要裝什麼鋼鐵就夠硬了吧。」

讓揮完的拳頭癱軟垂下後，風靡小姐當場搖晃了一下。畢竟她剛才從那麼近的距離被爆炸波及，如果毫髮無傷也未免太奇怪了。於是我半強硬地攙扶她的身體。

「雖然說，光是能活下來就已經夠奇怪了啦……」

「怎麼？你比較希望我掛掉嗎？」

哪有可能？今後恐怕還需要妳來救我呢。

「該死！」

顫抖的聲音傳來。

不是悲傷，而是憤怒的顫抖。被揍飛的山羊頭重新站起來，右手握著從地上撿起的匕首。

「該死、該死！——我就是最討厭妳那種愛說教的個性！」

「……？我們以前有見過面嗎？」

山羊頭不回答風靡小姐的問題，再度攻擊過來。

我手上的槍已經沒有子彈。風靡小姐像是要掩護我般把右手往前伸。

「好了，這場戰鬥由我來接手吧。」

這時，我忽然聽到第三者的聲音。

下一瞬間，山羊頭不知被什麼人抓住手臂，壓倒制伏了。

「——！為什麼、你會在這裡——萊恩？」

如此發出驚訝聲音的，是平常都很冷靜沉著的暗殺者。風靡小姐愣著臉望向眼前的景象與那位闖入者。他們認識？

「嗨，過得好嗎，風靡？」

那男子一頭金色的捲髮令人印象深刻，是個看起來溫文爾雅的帥哥。然而身上穿的卻是一套軍服樣式的白色制服，很明顯不是普通人。

被那個軍服男制伏在地的山羊頭臉上帶著痛苦表情的同時，露出下定決心的眼神。

「她又打算自爆了！萊恩！」

「放心吧，風靡。已經結束了。」

軍服男如此表示的瞬間，山羊頭有如斷氣般癱軟垂頭。看來是用快到看不見的速度讓她失去意識了。

沒多久後，警鳴聲傳來。好幾臺警車，甚至還有直升機都集結到現場。恐怕全都是這位軍服男率領的部隊。

「你究竟是……」

至少可以確定，應該不是普通的警察吧？疑問接二連三地湧上我腦海，風靡小姐則是搖搖晃晃地站起身子，走向那位男子與山羊頭。

「你要怎麼處理這傢伙？」

「罪惡不應以暴力對抗，而是要透過法律制裁——這就是我萊恩・懷特的信條。」

軍服男面帶微笑地起身，走到風靡小姐面前——

「我好想念妳啊。」

——用他估計應該有一百九十公分的高䠷身體溫柔擁抱風靡小姐。

「嗯？啊？……啥？」

我忍不住發出疑惑的聲音。

對這行為首先做出反應的是身為當事人的風靡小姐，刻意把身體盡可能扭向

我，「不對，這男人是……」地嘗試對我說明。

但她越是那麼做，反而讓人感覺越可疑。

「怎麼？難得久違重逢，妳卻這麼冷淡。」

接著，自稱萊恩的男子說出了答案：

「妳稍微再對我溫柔一點也行吧？我可是妳的未婚夫啊。」

◆在純白正義之下

隔天傍晚，我來到了《巫女》居住於鐘塔的房間。

奧莉薇亞不在。我啜飲一口米亞用生疏的動作為我泡的紅茶。

「好喝。」

「不是『好喝』好嗎？」

結果米亞本人則是站在一旁，不太開心地看著坐在椅子上的我。

「怎麼？妳希望我稱讚妳的女僕打扮？」

平常的巫女裝不知道哪兒去了，米亞現在身上穿著一套裝飾過剩的女僕裝。

「我、我才沒有那樣說呀。而且奧莉薇亞有教過我，招待別人的時候應該要穿這種衣服才符合規矩。」

「我猜妳八成是被耍了。」

「……我、我知道啦！我只是故意被騙的好嗎！」

米亞紅著臉蛋大叫。她最近變得感情越來越豐富了。

「重點不是那個。我想問的是現在這個狀況究竟怎麼回事呀。」

米亞轉身環顧。房間裡除了我們以外，還有許多有點吵雜的成員們。例如……

「我說，夏露，妳再怎麼講都太誇張了。不可以背叛伙伴呀。」

夏凪用極為嚴厲的語氣訓斥著金髮特務——夏洛特・有坂・安德森。夏露被命令跪坐在堅硬的地板上，脖子掛著一塊寫有「我出賣了伙伴」字樣的板子。昨晚的那件事被抓包了。

「不、不是的，渚。我有打算事後去救他呀！」

夏露拚命試著辯白。根據她的說法，當時她從山羊頭那群人口中問出有坂梢的情報後，只要確認了情報的有效性就會來救我的樣子。

「對不起啦……我等一下也會去跟君塚再道歉一次，這次妳就原諒我吧。」

「如果他說願意原諒妳就好……但我是真的非常生氣喔？」

夏凪依然嘟著嘴，朝我的方向瞥了一眼。沒想到她會袒護我到這種程度。

「渚果然只要跟那男的扯上關係就會很拚命呢。」

「……咦？呃不、這個嘛。因為、想想看嘛、我們是同伴呀！而且又是工作伙伴，又是同校同學，他又是我助手，還有，那個……」

「真是非常抱歉，我背叛了渚最心愛的男人。」

「我沒有要妳講到那種程度呀！」

就在她們進行著這種對話的同時，房間另一邊則是三位大人們在言歡談笑。

「我才想說妳會缺席《聯邦會議》應該是有什麼原因，沒想到竟然是去幽會。」

身穿黑西裝的大神微微吊起嘴角看向風靡小姐。

「大神，既然你也正式成為了《調律者》，就不要講那種會引起誤解的發言。我沒有跟任何人幽會什麼的。」

「欸，風靡，不可以那麼輕易就拔槍喔。」

見到風靡小姐把槍口指向大神，那個軍服男——萊恩·懷特立刻從旁插嘴。

「槍不是殺人用的道具，應該要用來守護人才對。」

「……你這男人還是老樣子這麼天真。真虧你這副德行可以勝任現在的工作呀。」

「哈哈！部下也常罵我呢！」

萊恩開朗地笑著，輕輕把風靡小姐握槍的手壓下去。風靡小姐雖然一臉不滿，卻也沒有再抵抗了。

「看來暗殺者終究也是有感情的普通人。」

大神又露出賊笑，結果被風靡小姐狠狠瞪了一眼。

「所以我說君彥，這到底是什麼狀況？」

「所以我說米亞，我也是被捲進來的一方啊。」

我又喝一口紅茶，不禁嘆氣。

召集這些成員到鐘塔來的不是別人，正是萊恩・懷特。

「不好意思，連我都覺得自己個性太愛閒聊了。部下也常罵我。」

大概是察覺到我的視線，萊恩立刻結束閒談如此表示。他好像從剛才就一直說自己常被部下罵，真的沒問題嗎？

「今天找各位來想談的議題是對我來說，同時也對各位來說很重要的事情。其實在場這些人有個共通點，知道是什麼嗎？」

萊恩說著，環顧集合在房間中的我們。

暗殺者、執行人、巫女、名偵探、特務，以及——一般人或者說特異點。這樣看起來還真是五花八門的成員。不過——

「要說在場這些人的共通點之前，我根本還不認識你是什麼人啊。應該先從這點開始講吧？」

「原來如此，這麼說也對。」

實在失敬了——萊恩說著，淡淡微笑。

「那麼請容我重新自我介紹一下。我名叫萊恩・懷特，職業是——INTERPOL的調查官。」

白色軍服上可以看到閃閃發亮的徽章，證明他顯赫的功績。

「INTERPOL是？」

夏凪湊近我耳邊小聲詢問。

「國際刑警組織。講白話就是世界警察。」

表面世界的正義象徵——或許可以這麼說吧。相反地，在檯面下守護世界的舉例來說就是像風靡小姐或希耶絲塔這些人了。

「一如姓氏所示（White），他總是清廉潔白，在透明公開的調查下執行正義。因此這男人有個別稱叫《純白的正義》。」

風靡小姐雖然感覺很不愉快，但還是如此為我們介紹萊恩・懷特這個人。

「哈哈，哎呀，真是害羞。沒想到會被風靡這樣稱讚。」

「哼！我只是幫忙說明世人對你的評價而已。實際上你心腸有多黑，我可是清楚得很。」

被風靡小姐這麼一說，萊恩又「太過分了吧～」地露出苦笑。

「我向上天發誓，我只會做對這個世界來說正確的事情。」

「你跟風靡小姐……互相認識嗎？」

「是啊，簡單來講就是兒時玩伴吧。」

萊恩把視線看向風靡小姐，但風靡小姐本人倒是很不愉快地把臉別開了。

「我和她的父親都是警察。在執行某項職務的時候，他們曾在日本一起共事過。由於這份關係，身為小孩的我們也變得感情很好了。」

我還是第一次聽說風靡小姐的父親也曾經是警察。仔細想想，我對於加瀨風靡的過去幾乎一無所知。她自己從來沒有主動提過這種話題。

「小時候的風靡真的非常可愛，總是『萊恩、萊恩』地跟在我的後面。」

「萊恩・懷特，你遺書可準備好了？」

「雖然長大後變成了這樣的傲嬌，不過對我來說現在還是一樣可愛。」

槍聲響起。然而風靡小姐手中那把槍的槍口卻已經被萊恩伸手抬向上方。他們的溝通方式也未免太特殊了。

「我、我家的天花板……」

然後米亞果然還是很可憐（可愛）。

「兒時玩伴，是嗎？那昨天提到的未婚夫又是？」

「咦！未婚夫？」

聽到我忍不住提出的問題，夏凪當場亢奮起來。

「……只是小時候的童言亂語啦。」

被這個聽到戀愛話題就感興趣的偵探盯著，風靡小姐一臉尷尬地皺起眉頭。

「哈哈，閒聊到這邊為止吧。後來經歷一些事情後，我成為國際刑警留在檯面上的社會，風靡則是轉到檯面下的社會，各自執行使命。雖然很久沒見面了，不過我們總是互相尊重對方奉行的正義。我私下也會關心風靡的活躍表現。」

果然，萊恩也對包含《調律者》在內的檯面下世界知道很多。既然如此，這次集會的目的應該也是跟這方面有關吧。

「你別再繼續賣關子了，萊恩。」

風靡小姐似乎難忍下去地開口。

「只要想想時機再看看現場這些成員就知道了，是亞伯的事情對吧？」

「……對，沒錯。我身為國際刑警組織調查官，正為了維護警察的威信在追捕他。」

原來這男人也是一樣。據說有極高的可能性和《怪盜》亞森是同一個人，也是這世上最糟糕的犯罪者——亞伯・A・荀白克。這就是在場所有人的共同敵人之名。這點與昨天出席《聯邦會議》的成員們也是一致……不對。

「夏露呢？夏露也跟亞伯有什麼關係嗎？」

夏露沒有參加昨天那場會議。畢竟她不是《調律者》，這也是當然的。但她今天為何會被叫到這裡來？

「原來你們已經調查到那個程度了呀。」

夏露瞇起眼睛看向萊恩。

「是啊，身為軍人的同時也從事過特務工作的令堂——有坂梢曾有一段時間在追捕亞伯。而且據說有一度調查到了相當深的部分。」

……原來如此，是從那邊扯上關係的。

夏露也「似乎如此」地嘆了一口氣說道：

「假如當初直接問你們，我是不是就能更早知道有坂梢的下落了？」

「不，我們也沒掌握到那程度。只是昨晚在調查人口販賣組織的時候稍微接觸到那項情報而已。然後呢？有坂梢人在哪裡？」

「對方只有說她現在在日本的某個地方。我是打算回國時過去看看啦。」

這就是萊恩把夏露也找來的理由。說不定搜索有坂梢的下落，才是亞伯逮捕行動的第一步。

「意思說，今天把我們召集起來是為了合作逮捕亞伯嗎？」

夏凪如此詢問萊恩。假若如此，感覺和昨天的《聯邦會議》是相同的目的。但這樣就會發生一項問題了。

「「對於這項行動方針，《暗殺者》認同嗎？」」

我和大神異口同聲地問道，又互相聳聳肩膀。看來我們想到了相同的疑問。

昨晚風靡小姐說過：既然對手是亞伯，完全聽從《聯邦政府》的指示會很危險。所以她要自己單獨行動。

「對，所以這次同時也是為了說服風靡的聚會。」

萊恩重新轉身面向依然不太高興的風靡小姐。

「剛才我提到在場這些人的共通點其實還有一個，就是這裡的所有人都是值得信賴的人物。只要靠我們這些人，不一定要透過《聯邦政府》也可以對抗亞伯。」

他說著，環視在場的我們。

對於政府提出的方針不會照單全收而懂得自己完成工作的暗殺者，將代代相傳下來的正義遺志懷抱心中的名偵探，繼承了故友的使命與武器的執行人，比誰都能持續切身感受世界危機的巫女。

至於我和夏露……該怎麼說呢？雖然連我自己都覺得好像不太能夠信任就是了。

「我、我也要被算進戰鬥成員之中嗎？」

另一位同樣難掩不安的米亞如此詢問萊恩。

「身為《巫女》的妳並沒有必要站上前線。只是希望靠妳的能力在背後支持我們。」

「太、太好了……不過既然是這樣，我當然很樂意。畢竟自從和學姊認識的那天開始，我的使命就是防堵《世界危機》。」

米亞鬆一口氣的同時也感到驕傲地昂首闊步。

老實說，我另外還希望莉洛蒂德也能加入這個成員之中，不過考慮到她的身體狀態應該很難吧。

然後說到可靠的人物還有一位，就是布魯諾……但恐怕很難將他拉攏過來。他最優先考量的事項永遠都是保持世界上情報的平衡。

那麼，現在就剩一個人了。

「——我……」

加瀨風靡皺著眉頭。她依然在猶豫。

「風靡，獨自一個人挑戰亞伯的危險性，妳應該也很清楚吧。」

萊恩說得沒錯。我們很明白這點。假如敵人真的是《怪盜》，就能讓對方連什麼東西被偷走的事實都無法察覺。甚至連我們輸給那傢伙的時候，都有可能無法正確認知這項事實。

「這不是要妳服從《聯邦政府》的意思。但至少在場的這些人可以互相信賴吧？」

想必直到剛才為止，加瀨風靡在真正的意義上沒有信任過任何人。不過這也是當然的。對於《暗殺者》來說，依賴他人比任何事情都危險。

「妳無法相信我剛才那些話沒有關係。但相對地，希望妳回想起我們當時的約定。」

風靡小姐的肩膀微微顫了一下。

那究竟是在講什麼事情？

好一段時間，沉默籠罩現場。

花了足足幾十秒鐘，她才總算打開沉重的嘴巴。

「我並沒有信任在這裡的所有人。」

彷彿要從現場的這些人中找出狼人般，看門狗銳利的眼神看向每個人。

「不相信他人就是我的信條，我只會藉由不相信他人來達成我的使命……不過同時，我也相信這個世界終有一天會變得更好些。」

我回想起以前風靡小姐在警局跟我講過的話。她當時同樣是認知到《怪盜》的危險性，而將搜查情報的一部分告訴了我。

或許這行為中不存在信用也不存在信賴。真要講起來，是盤算。

當她協助任何人時總會索求回報……然而，即便只有1%的比率，加瀨風靡最起碼還有仰賴別人的意志。

唯有這點不會錯。

「我不會說什麼要互相信任。就算撕破嘴巴我也不想講這種話。不過……」

加瀨風靡抬起頭，一一看向我們每個人的臉。

「我至少會認知大家目標一致的事實，妥善行動。」

就從這個瞬間起。

世界最糟糕的犯罪者與所有正義勢力之間的戰爭開始了。

【8years ago Charlotte】

這天，我一如往常地來到挪亞的房間，念故事給躺在床上的他聽。

「呃～等一下喔，挪亞——就在這時，我誤觸到敵方間諜的逆、凜？……」

「是逆鱗。」

「哦哦，對對對。逆鱗、逆鱗——就在這時，我誤觸到敵方間諜的逆鱗，於是將手槍子彈上、上……上當？」

「上膛。」

「嗯嗯，對了。然後，我看看喔，呃……念到哪兒啦？啊，找到了——我打倒所有敵人，守護了國家的和平。可喜可賀，可喜可賀。」

我「啪」一聲闔起書本，深吐一口氣。

嗯，不是我要自誇，今天念得還不錯呢。

「姊姊，妳是不是從中間跳過了大概一百頁？」

「才沒那種事，我只是速讀而已。」

「速讀是這樣的嗎？」

挪亞依然躺在床上，看向背靠著床架的我。

「姊姊要不要跟我一起學漢字？」

……居然被小我兩歲的弟弟比下去了。

「這是那個啦，我相對地會講英文呀。」

對，我肯定是從爸爸那邊繼承了較強的基因。就當作是這麼一回事的我，稍微清了一下喉嚨。

「話說，要念故事書你自己一個人就可以念了吧？」

為什麼每次都要叫我來念？

「我一個人也是可以念啦，不過……」

「不過？」

「姊姊念給我聽比較有趣。」

「…………」

我努力壓抑自己想要站起來抱住挪亞的衝動。

弟弟這個存在未免太可愛了……

雖然講的話多半都很囂張，但偶爾也會像這樣變得坦率老實。

「姊姊妳啊，將來要變成這樣子嗎？」

挪亞拿起剛才念的那本書如此問我。

那本書的內容是描述一位又強又酷的女特務，把邪惡對手一個接一個擊倒的故事。

「是呀，沒錯。我總有一天要變得像爸爸媽媽一樣。」

雖然我搞不太清楚所謂的「特務」具體來講是什麼。

軍人跟傭兵不一樣嗎？諜報員跟間諜呢？

算了，沒關係。總之我就是要做打擊壞蛋的工作。只要能成為正義使者，就算不是警察或許也行吧。

「是喔，如果姊姊真的當上了，我也很高興。」

結果挪亞看著我，露出有點寂寞的微笑。

「畢竟我沒辦法變成那樣。」

挪亞不太能夠出去外面。

他是個天生多病的小孩。具體的病名是什麼，爸爸和媽媽都沒有告訴我。他們說我聽了也不能理解。

「挪亞，如果你沒辦法出去外面，那就當個學者吧。」

聽到我這麼說，挪亞抬起頭。

「反正你這麼聰明，就算不去學校上課一定也可以成為出色的學者老師。絕對沒錯。」

我握起挪亞的手。

笑著應我一聲「嗯」的挪亞，那隻手好冰、好冰。

「啊！」

他忽然輕輕發出聲音。

「好像回來了。」

接著沒多久，寢室門就被打開，走進一個人影。

有著一頭鮮豔的金髮，面容冰冷卻又美麗的這個女人是——有坂梢。

我和挪亞的媽媽。

「啊！歡迎回、來……」

我起身上前迎接，但媽媽卻穿過我的身邊。

回頭一看，她緊緊抱起躺在床上的挪亞。

「對不起喔，媽媽老是沒時間回來。」

媽媽上次回來已經是兩個禮拜前的事情了。她這次到某個遙遠的國家，完成了很重要的使命。

「真的對不起，挪亞。」

媽媽用極度疲憊的聲音，一次又一次對挪亞道歉。只對著我的弟弟道歉。

「不，沒關係。有姊姊陪我。」

聽到挪亞這麼說，媽媽這才第一次把臉轉向我。

臉上帶著她從不會對挪亞露出的嚴厲表情。

「夏洛特，妳有乖乖在訓練吧？」

這個家裡有爸爸和媽媽僱來的軍人們。

我從兩年前就開始接受著他們的近身戰鬥與槍械使用訓練。

「不是為了保護自己，而是要為了保護世界而戰。生來健壯的妳必須負起這項使命。明白嗎？」

「是，我明白。」

見我點頭回應，媽媽沒再多說半句話，又把臉轉向挪亞。

她總是這樣。

有坂梢與我之間沒辦法成為一對正常的母女，但這也是無可奈何的事情。

我從不覺得這點有多難受。

因為我的使命是成為正義使者。

我要代替挪亞實現他無法做到的事情。要讓媽媽……讓有坂梢認同我，只有這麼做。

「我明白。」

我再一次對自己小聲呢喃，走出房間。

這兩年來，我都沒有在有坂梢面前開口叫過她一聲媽媽。

【第二章】

◆宣告起始的暗號

從英國回來後，過了一個禮拜。

比高中更長的大學暑假還沒結束，即便有各種工作要忙，總還是能抽出一些閒暇的時間。像這種時候，夏凪似乎會跟高中以來的朋友或大學新認識的同伴們見面，但我不知為何都沒有那樣的對象。

再怎麼說也不能找最近才剛恢復工作的齋川來陪我，假如沒什麼重要的事情卻找莉洛蒂德長時間講電話感覺也會被罵，所以我只能忍耐。

不過沒關係。就算是這樣的我，也絕非孤單一個人。縱然是一大清早，只要到這地方來一定會有人陪我講話。

「就這樣，那張坐墊成了關鍵線索，讓人發現了凶手屁股長有痔瘡。」

在三樓病房，當我說出這樣一段惹人捧腹大笑的故事，躺在床上的希耶絲塔就由衷感到開心似地露出微笑。

「君彥，請不要在內心捏造事實。」

在病房角落，少女「啪」一聲闔上書本如此吐槽。

是臉蛋與希耶絲塔毫無二致，如今在當家務女僕的諾契絲。

「妳仔細看。她在笑啊，瞧。」

「希耶絲塔大人的表情本來就是天使笑容。」

「這女僕也太愛主人了吧。」

諾契絲立刻「在說什麼呢？」地裝傻起來。看到她這種動作，都會讓人差點忘記她是個機器人的事情。

「話說回來，不久之後就沒機會再聽到君彥這些冷場閒談了呢。」

「這稱呼也太過分了。」

不過諾契絲講的這句話有一部分是真的。接下來我將沒有機會像這樣見到希耶絲塔並對她說話。

「這一天終於快到啦，希耶絲塔的移植手術。」

據史蒂芬說，似乎快要進入手術的準備階段了。而在手術的準備期間以及術後觀察期間將謝絕會面。意思說再過不到一個月，我就要好一陣子見不到希耶絲塔。

自從她入睡之後，快要一年了。

「請問你寂寞嗎？」

諾契絲沒看我的臉，如此詢問。

「還是說，會害怕呢？」

……唉，為什麼這個女僕能夠如此精準地戳到我心底深處啊。

「我信任史蒂芬的技術。手術一定會成功……但是在成功之後，希耶絲塔的記憶或人格可能會消失。」

很奇妙地，我在諾契絲面前就能道出真心話。

希耶絲塔有可能不再是希耶絲塔——這點讓我非常恐懼。

「不過，妳應該也是一樣吧？」

諾契絲的肩膀輕輕顫了一下。

「身為機械的我卻有這樣的感情，是不是很奇怪呢？」

「不，之前不是也說過嗎？能夠為別人如此著想的妳，不可能只是單純的機械。」

我們總算對上眼睛，互相微笑。諾契絲臉上看起來也在微笑。

「但是請你記住一點，君彥。我只是被程式設計得讓言行舉止像個人類而已。」

諾契絲說著，緩緩眨眼。她本來是不需要眨眼的。

「例如被人揶揄的時候要表現出生氣的態度，當周圍的人失落沮喪的時候要出言安慰，當有人在笑的時候我也要放鬆表情——我只是被程式這樣機械式地設定出來罷了。」

——我雖然想立刻否定她這講法，但我做不到。

製作出諾契絲的是史蒂芬的科學力量，用膚淺的話語冒然消除這項事實，反而等於否定了她的存在證明。

「因此，我偶爾會感到害怕。」

諾契絲坐在椅子上，眺望病房窗外的遠方。

「我擔心有人會以為像我這種機器人或ＡＩ真的擁有感情，基於同情心而賦予機械過多的權限。假若有一天像科幻電影般發生了ＡＩ對人類掀起叛亂之類的狀況，恐怕那契機也是源自於人類的溫柔心態吧。」

她如此說著，不知該不該說不出所料地露出寂寞的微笑。

就算諾契絲是機械，就算她的發言或舉止是程式設計出來的東西——我依然對現在的她很有好感。唯有這點是可以確定的。

「哦？似乎有客人來訪。」

諾契絲看向病房的房門。

她似乎先察覺了腳步聲，接著便傳來三下敲門聲。

「真是稀客。」

我看到開門進來的人物，不禁如此小聲說道。

「是你要我好歹來探望一下的吧？」

紅髮女刑警——加瀨風靡。

她抱著跟那張恐怖的臉很不搭的花束走進病房。

「原來是用這種表情在睡覺呀。」

風靡小姐把花束交給諾契絲後，低頭觀察希耶絲塔的睡臉。風靡小姐與希耶絲塔之間在連我也不曉得的部分意外地關係很深，同樣做為《調律者》也感情不錯……這樣講好像有點過頭了，但總之在工作上似乎保持著合作關係。

「請問妳對以前的希耶絲塔也不信任嗎？」

我不經意如此詢問風靡小姐。

因為她上次在倫敦說過自己不相信任何人。

「是呀，不過這個偵探也沒真的向我尋求過什麼信用或信賴。」

風靡小姐注視著希耶絲塔，回憶當時似地說著。

「所以是彼此彼此。我本來就猜想途中可能會發生無法互相利用的狀況，也認為假如她哪天掛了就到此結束關係。那樣對我來說也比較方便。」

仔細想想，希耶絲塔或許也是一樣。想法總是合理又理性，不會參雜多餘的私情。比起相信別人，更擅長於懷疑別人。

「不過到了最後，我和她可能還是有些不同。這偵探到最後在我眼中看來，似乎變得想要相信什麼人了。」

「這樣啊。」

那樣的希耶絲塔，不知我是否還有機會看到。

「可以借一步說話嗎？」

風靡小姐指指門外。於是我把病房交給諾契絲，和風靡小姐來到走廊。

「那邊進展如何？」

稍走一段後，風靡小姐背靠著走廊牆壁如此詢問。

「夢幻島計畫——你也有和偵探一起在調查吧？」

上週以萊恩・懷特為中心的那場會談之後，我們為了逮捕亞伯而站在各自的立場展開行動。我和夏凪這一個禮拜在調查的是上次提到那個所謂的夢幻島計畫。米亞和莉露也各自在調查她們負責的東西。

「首先，這一個禮拜中《巫女》沒有任何預言。我們也確認了世界各地的新聞報導，但沒有發現任何可能跟夢幻島計畫有關聯的事件。相對地，我和夏凪針對至今發生過的每一起事件都查了一下。」

不是抽象推論，而是具體內容。不是從巨觀角度，而是從微觀視點。

「事件的加害者大半都是國高中生，被害者是他們的父母。然後所有案子中都有查出在事件發生之前便存在親子問題。當中尤其多的是父母對小孩的家庭暴力。無法繼續忍受的小孩因此殺害了父母——大致上的見解都是如此。」

只不過，類似的事件光是上個月內就在世界各地發生了十幾件。而且每個案發現場都有留下A的血字。

「我們調查過除了血字以外有沒有其他共通點，例如加害者之間有沒有共通的興趣，有沒有特定的宗教信仰，在網路社群平臺上有沒有聯繫。然而都沒有任何發現。」

也就是說這一連串的事件假如真有什麼特殊背景，就現況來看只能跟巫女的預言內容一樣推測亞伯的存在。雖然刻意在現場留下血字的意圖還不清楚就是了。

「不管怎麼說，總之亞伯透過某種手法讓小孩們殺掉了自己的父母……他能夠辦到這點對不對？」

我如此詢問後，風靡小姐用嚴肅的表情點點頭。

「是呀，不需要親自動手就能讓他人實行犯罪。你應該也有印象吧？」

如果亞伯真的就是《怪盜》，那麼我在一年前的確跟希耶絲塔一起目睹過那傢伙實際辦到這種事情。

「據說亞伯可能是透過他獨自的《暗號(code)》在操縱別人的感情波動。這次的夢幻島計畫也是一樣。」

「施、施予殺人衝動的暗號……」

原本還很模糊的敵方能力這下有了具體的形象。

「這是萊恩跟大神討論出來的假說。離真相有多接近還不清楚。」

看來這一個禮拜間，大人組在討論的是這方面的事情。

「關於萊恩……」

聽到我這麼說，風靡小姐的肩膀稍微抖了一下。

「關於萊恩的事情，請問妳也不信任嗎？」

是兒時玩伴、同為正義使者、警察、未婚夫……最後一點先姑且不論，但是對於關係如此接近的那個男人，風靡小姐實際上是怎麼想的？

「下次再敢跟我提起那個話題就殺了你。」

「我不是在調侃妳，完全沒那意思。」

我趕緊揮手否定，結果風靡小姐狠狠瞪了我一眼後，「總之……」地繼續說道：

「現在為了抓住亞伯，唯有各盡所能。信用、信賴之類的話語或者人與人的過去根本無關緊要。不是嗎？」

「如果我否定感覺會被妳揍，所以就當作是這麼回事吧。」

「要不要乾脆從你先逮捕算了？臭小鬼。」

又叫我小鬼。我已經是大學生啦……算了，也罷。

「我現在的目標也是只有一個，就是逮捕亞伯啊。」

「哦？你有什麼理由要那樣執著於亞伯？」

「哎呀，畢竟名偵探的敵人就是我的敵人嘛。」

「假如亞伯是怪盜，那就是白日夢過去未能抓到而託付給夏凪渚的敵人，是嗎？」

我回應一句「正是如此」並準備回去希耶絲塔的病房，風靡小姐則表示「我還有工作」而離開了。

「我執著於亞伯的理由……嗎？」

其實我還有一個沒告訴風靡小姐的理由。有個人物浮現在我腦中。

那傢伙和希耶絲塔或夏凪不一樣，或許並不是偵探。然而那位曾經是我師父的男人以前說過一句話。

『對於小孩子來說，他們只有父母。』

對於扭曲了這項不可違逆之理的亞伯，我要代替師父將他逮捕才行。

◆試求兩平行直線間的距離

後來過了三天，我一大早就來到車站。
在新幹線的驗票口前，準備好兩人份的車票等待某位少女到來。
「真慢。」
約定碰面時間早已超過十五分鐘。
要是再等下去，預先買好的票就白費了……正當我如此擔心的時候，或許是上天總算聽見心願，有東西輕輕碰到我的背部。
「明明遲到還打招呼這麼隨便啊，夏露。」
回頭一看，肩上掛著一個小包包的金髮特務就站在那裡。身上穿著很有夏天氣息的便服，除了小包包以外還提著一個竹籃。
「沒辦法呀，我猶豫嘛。」
夏露不太服氣地說明遲到藉口。
「這裡有什麼需要猶豫方向的地方嗎？」
「不，我在猶豫要不要來。」
「讓人等妳還講這種話！」
夏露不太高興地把臉別開。果然，她之前在英國對我的那個態度終究只是演技的樣子。這女人真的是……

「再說，今天是為了妳的事情吧？為了去跟妳母親……有坂梢見面。」

從山羊頭那群人口販賣組織口中問出有坂梢的下落後過了約兩個禮拜。夏露總算決定在今天去跟有坂梢見面，於是我也隨同前往。老實說，我總覺得這並不是很好的配對組合，但夏凪卻不知為何命令我隨行了。

「明明開車就可以了，為什麼要搭電車？」

夏露對於今天的交通方法提出疑問。

「想想看我上次遭受的待遇吧。害我都留下恐懼症，這陣子不敢坐車啦。」

「噗！你中了我美人計時的那張臉，現在回想起來還是好好笑。」

「那根本不叫什麼美人計！那比美人計還要醜惡太多了！」

可惡，沒想到我竟然會有一天被夏露拿這方面的事情捉弄。

「你該不會其實對我有意思吧？每次那種吵架態度只是為了隱藏害羞？」

「哪有可能？就算天地翻轉、日夜同時出現，唯有這種事絕對不可能。」

「……被講到這種地步我也是會受傷的。」

「……啊、不、抱歉。」

「騙你的。」

「我再也不相信妳講話了！」

唉，終究會變成這樣。

我們本來感情就很差，不過之前還覺得經歷過種種事情後關係也稍有改善的說……但果然還是不行。我乾脆掉頭回家好了。

「啊～好好笑。你這男人還是老樣子，這麼單純。」

「被妳講說是單純或笨蛋什麼的，簡直是最高級的恥辱。」

「真的好單純、好雞婆，又是個老好人……讓人都搞不懂了。」

夏露這時忽然莫名尷尬似地把視線別開。

「為什麼……今天要跟我來？」

這件事跟你沒有關係吧——她彷彿是這麼表示。

「我從來沒有跟你提過我父母的事情。也許你以前有聽到我對大小姐提起那些事，但我一次都沒有找你商量過。可是你這次卻要跟我扯上關係，有什麼理由嗎？」

……哦哦，原來如此。她說她猶豫今天要不要過來，其實是不曉得該不該把我捲進來吧。

「明明都把我出賣給人口販子了，現在還顧慮這些幹什麼？」

「我、我就說了，我真的原本有打算事後去救你呀。就算感情再怎麼差，我也不會覺得你死了無所謂好嗎？」

看來她這次講的是真心話，表情有點尷尬地把視線往下移。

真是不擅長人際溝通的傢伙啊。夏露也好，然後可能我也是。

「你母親以前曾經追查過亞伯的事情。因此找到她或許也可以得到什麼逮捕亞伯的線索。這點對我而言是相當大的好處。」

我們的視線沒有相交，但我決定別在意那麼多，快嘴說明。

「而且既然跟亞伯扯上關係，單獨行動就很危險。在萊爾召集的成員之中，目前最有空的人就是我。那麼由我跟妳一起行動，應該很合理吧……所以這才不是因為我擔心妳什麼的。」

兩人暫時沉默，接著夏露露出苦笑。

「你真的很不坦率欸。」

那我們走吧——如此說著，走向驗票口的她手中，拿著從我手上拿過去的新幹線車票。

「妳一樣也很不坦率吧。」

「不要這樣好嗎？講得好像我們兩個人很相似。」

「哦哦，說得也是。畢竟我沒像妳那麼笨。」

「對呀，我又不是像你這種弱不禁風的男人。」

「妳惹怒我啦。現在就去要求更換座位好了。」

「為什麼會買坐在一起的票啦？你笨蛋嗎？」

◆番茄滋味的恩愛

有坂梢現在的住處據說是在距離市中心稍有一段距離的某個避暑勝地。因此我和夏露搭乘新幹線又轉乘區間列車，前往那個潛伏地點。

假如今天是和夏凪或齋川在一起，這或許會是一段愉快的小旅行，然而和夏露兩人獨處真的是相當尷尬的事情……新幹線還特別去換了分開座位的車票，現在搭的區間列車上也是各自坐在整排座位的兩端。

雖然我們的關係沒有像以前那麼差了，但面對面講話還是會很自然地吵架起來。這跟偵探、偶像、巫女或魔法少女不同，我和夏露之間到現在依然還沒培養出任何可以用言語形容的關係。

「幸好今天天氣不錯。」

我撐起沉重的屁股移動座位，試著和夏露對話。凡事總要勇於嘗試。反正都要一起行動，把氣氛搞好一點也比較舒服。

「為什麼要刻意坐到我旁邊啦？」

「空出些位子給別人坐嘛。」

「現在車廂可是空蕩蕩的喔？」

冷靜的吐槽。然後是無言的時間。

咖噹、喀咚——只有鐵軌發出悠閒的聲響。

「話說我今天早上大概是吃了兩條香蕉的關係，通便順暢呢。」

「話題會不會太爛了？」

夏露總算把臉轉過來，一副無奈地皺起眉頭。

我的閒聊功力還是老樣子都沒升級。看來只能請夏凪幫我鍛鍊一下了。

「算了，沒關係。你繼續講話吧。」

夏露又把臉轉回正面，注視遠處的車窗。

「這樣也比較能讓我轉移注意力。」

搭乘這班電車到了目的地將會面對的狀況，自己接下來可能會見到的人物——

如果夏露希望現在暫時忘掉這些事情……

「既然這樣，就來講講妳離開日本這段期間發生的事情吧。」

於是我也不期待她會回應吭聲，逕自講述起和魔法少女以及吸血鬼相關的故事。

大約三十分鐘後，我們下了電車，又搭計程車進入山道。

行駛一段路後，為了慎重起見，我們在抵達目的地前還有一小段距離的地方下車，改為徒步。過了不久，夏露忽然停下腳步。

「就是這間屋子嗎？」

在大自然圍繞的深山中，我們眼前有一間木屋。

這裡就是有坂梢的潛伏地點？

「看來是不行了。」

然而夏露伸手一指，那裡插著一塊「出售」的牌子。

我們試著從窗戶窺探屋內，但裡面既沒家具也沒有人的氣息。

「保險起見，進去看看吧。」

我在心中對房屋的管理人致歉，並拿出今天帶來的特殊工具打開門鎖。接著與夏露兩人脫下鞋子，進入客廳。

屋內一片寂靜。我們探索了一樓客廳、衛浴室、二樓寢室以及可能是客房的房間，確定這裡明顯無人居住。

有坂梢已經不在這裡了。

「到頭來，你都沒問我呢。」

走下樓梯的途中，夏露小聲呢喃。

「問我為什麼拿到了這張便條紙後，卻將近兩個禮拜都沒有行動。」

關於這點，我確實感到有點奇怪。夏露明明那樣積極尋找母親的下落，甚至不惜用上相當亂來的計畫才好不容易得到線索，卻將近兩個禮拜都沒有利用那個線索。

「很沒出息對不對？明明那麼想要知道答案，可是一旦知道了答案卻又忽然害怕起來。明明想要見到有坂梢，內心卻有某個角落不想跟她見面。所以現在有一部分的我甚至感到鬆一口氣呢。」

回到一樓後，夏露透過沒有窗簾的窗戶望向屋外，如此自嘲。

「就是因為這樣不乾脆的態度，才會讓事情落得如此。要是當時拿到便條紙就馬上過來這裡，說不定還來得及見面的說。」

「不，有坂梢離開這裡已經不只半個月了。」

我用指尖抹起積在窗簾軌道上的灰塵給夏露看。

「並不是妳的猶豫導致失敗。只是命運中妳和有坂梢還不會在這裡見到面。僅此而已。」

夏露一瞬間睜大眼睛，接著淡淡一笑。

我們把大門重新上鎖後，來到一條小溪邊。把一塊巨大的岩石當成長椅，並肩而坐。

夏露這時掀開竹籃。

籃子裡裝的是三明治。看來她特地做了午餐過來。
「我可沒說要給你喔。」
「我沒叫妳給我吃啊。」
然而，我的肚子卻叫了。時機簡直算得剛剛好。
「哎呀，我也沒說不給你啦。」
「我也沒說不想吃啦。」
所以說，分給我吧。
「啊，不過等一下。」
夏露先咬了一口，頓時露出很難看的臉。
「番茄、雞蛋跟火腿，你想吃哪個？還是全部都吃？」
「這麼說我才想起來，妳廚藝不怎麼好啊……」
但是連三明治都可以做得很難吃，到底是什麼原理？
再說，她為什麼要特地做午餐來？
「……因為事情會怎麼發展也很難講吧？如今就算跟母親見到面，我也不曉得該講些什麼才好。所以我想說帶個這樣的東西來，也許起碼可以當成話題的材料呀。」
雖然沒派上用場就是了——夏露說著，把頭髮勾到耳後。

於是我趁她不注意，從籃子裡拿出雞蛋三明治。

「啊、喂！」

接著也不理會想要制止我的夏露，兩三口把三明治吃掉。

「真獨特的味道。」

「你不用勉強呀。」

也不到勉強的程度啦。

以前我經常做的難吃咖哩，希耶絲塔雖然抱怨一堆也還是照吃嘛。

「嗯，番茄還意外地好吃喔。」

「……真是個傻瓜。」

看著把三明治一口接一口吃下去的我，夏露輕輕一笑。

「算了，這樣或許也好。反正我也沒辦法想像自己跟那個人一起和樂融融吃三明治的景象。」

「你們感情不好嗎？」

不，也許不是感情好壞的問題。夏露的父母是軍人，家人之間的關係想必跟所謂的一般家庭大不相同吧。

「我最早的記憶大約是四歲或五歲。不過從那時候開始，我父母的關愛就完全沒有放在我身上了。」

「既然是軍人，應該很少在家吧。」

「是呀，所以我從小就是被家庭幫傭或者說類似保母的人養大的。」

夏露就像在回憶遙遠的往事般瞇起眼睛，抬頭仰望夏季天空。

「而且就算偶爾回到家，有坂梢也不會關心我的事情。她的視線永遠是看著比我小兩歲的弟弟。」

夏露的弟弟——這還是我第一次聽說。

「他是個一出生就被放進嬰兒保溫箱的虛弱小孩。有坂梢的親情總是以擔心的形式表現在弟弟身上。因此我記憶中的她，總是陪在我弟弟身邊。」

我不發一語地聽著，結果夏露看向我淡淡一笑。

「我並沒有對此感到不滿喔？畢竟我也很擔心弟弟，小時候甚至認真想過能不能把自己健康的身體分一半給他呢。因此我非常能夠理解有坂梢的心情。」

但是正因為如此——夏露繼續說道：

「現在也是一樣，真正想要見到有坂梢的並不是我，而是我弟弟。」

忘記是什麼時候，夏露曾經跟我講過。假如有個母親生了兩個小孩——做母親的心就會放在距離比較遠的小孩身上。雖然我當時不太明白夏露為何會舉這樣的例子，但如今再回頭想想……

「夏露，妳弟弟該不會……」

我如此詢問後，夏露立刻吃完一個三明治，往前走去。

「還是你說得對，幸好今天放晴呢。」

她接著脫掉涼鞋，光腳踏入小溪中。

清流沖在岩石上，透明無色的水花飛舞空中。

「好冰！」

在藍天與豔陽底下，夏露轉回頭望向我。

「喂！你要不要也過來呀？」

此時此刻，無關乎什麼特務，我眼前看見的是一位純真無邪的少女綻放著笑容。

◆倒數計時開始

這天到最後，我們終究無功而返。有坂梢搜索行動又回到了原點。

然而夏露沒有想像中那麼沮喪，還說自己會繼續尋找線索。雖然我希望她別再出賣伙伴就是了……

然後到了隔天，我和夏露又再次見到面。地點在某棟高級公寓大廈的房間裡。

不過房內並非只有我們兩人。

除了這房間的主人風靡小姐之外，還有夏凪以及筆電畫面中的米亞。然後我們所有人都望著投影在白色牆壁上的影像。

『看來大家到齊了。』

在影像中，身穿白色軍服的男子——萊恩・懷特注視著我們。他身旁也能看到大神的身影。

『報告一項遺憾的消息：夢幻島計畫又出現了一名犧牲者。』

萊恩說著，瞇起眼睛。

『……如果我的預言能再早一點……』

擺在桌上的筆電螢幕中，米亞很不甘心地咬起嘴脣。昨天我與夏露道別後一回到家，就立刻接到巫女告知預言。

預言內容說：四十八小時內將在非洲北部的某個國家再度實行夢幻島計畫。當時能夠行動的萊恩與大神似乎立刻趕往現場……但事件已經發生了。

「這絕不是米亞的錯。」

我對垂頭喪氣的巫女表示。

「在這裡的所有人都知道，妳每天花了多少時間在自己的任務上。」

這次絕非米亞怠於職責或失誤犯錯。巫女的預言有時候是說中十年後出現《世界之敵》，有時候也會冷不防地預測到隔天就要發生的《世界危機》。因此難免會遇到像這次一樣來不及對應的狀況。

「米亞，我們很快又會遇到下次需要妳幫助的局面，所以到時候也拜託妳助我們一臂之力好嗎？」

夏凪對著電腦畫面露出微笑。

米亞雖然依舊沮喪但也輕輕點頭回應。

「大神，詳細狀況如何？」

風靡小姐點著香菸如此詢問。

『事件本身和過去的案例一樣。加害者與受害者之間是父子關係。受害者慘遭刀具殺害，遺體旁用血流下了A的文字。』

「事件本身和過去的案例一樣……意思說除此之外有不同的部分囉？而且是嚴重到必須像這樣把我們都召集起來討論的問題。」

風靡小姐聽出了大神的言外之意。

香菸的白煙裊裊上升，等到消散時，萊恩才說道：

『沒錯，加害者逃亡了——而且還**帶著受害者保管的指引 Akashic records 位置的地圖**。』

房內發出幾聲驚訝吸氣的聲音。夏露接著詢問萊恩：

「為什麼受害者會持有那種機密情報？」

『因為受害者是這國家的王族。他肩負管理那份地圖的使命。』

……這下狀況糟透了。既然加害者已經逃亡，表示指引 Akashic records 位置的地圖落入亞伯手中的可能性非常高。

「呃，說到底，指引 Akashic records 位置的地圖具體來說究竟是什麼？」

夏凪有點畏縮地如此舉手發問。

「Akashic records——我記得日文好像叫《虛空曆錄》對吧？有人說是足以毀滅地球的兵器設計圖，又有人說是世界各國試圖隱蔽的黑暗歷史紀錄……但具體內容只有一部分的掌權者才知道，之類的？」

『是的，名偵探，妳說得沒錯。那東西曾經也成為引爆大戰的火種，是任誰也恐懼，但誰也不曉得真相的虛空紀錄。在世界大戰的危機退去後，據說密佐耶夫聯邦國將它藏到了世界上的某個地方，而現在講的地圖就是指引那個位置的東西。』

不愧是通曉檯面下社會的公安警察。大神對夏凪簡單扼要地說明了《虛空曆錄(Akashic records)》以及地圖。

「那、那不就要快點把地圖拿回來嗎？不然可能會被亞伯用在不好的事情上吧？」

「沒錯，地圖一定要拿回來。不過現況來講還不需要那麼著急。」

風靡小姐用菸灰缸捻熄香菸並如此表示。

「指引《虛空曆錄》位置的地圖並非僅有這次被搶走的那一張。它主要是由世界各地受到《聯邦政府》認可的掌權者們負責分散保管。」

原來如此。也就是說光靠一張地圖無法發揮什麼作用。

「而且雖然我們講『地圖』，那也不是單純的紙張。它們一組一組都有複雜的程式，必須集合所有資料才會指引出《虛空曆錄》沉眠的場所。」

「只要能夠抵達那個場所，任何人都可以拿到虛空曆錄嗎？」

「誰曉得呢？我還聽過謠傳說需要什麼類似『鑰匙』的東西。」

更詳細的內容誰也不知道——風靡小姐如此作結。

「原來是這樣。不過既然如此，我們必須在亞伯收集到所有地圖之前想想辦法才行。」

夏凪表情嚴肅地小聲說道。

結果現場霎時寂靜。

夏露以及電腦畫面中的米亞都驚訝得睜大眼睛。

「咦？怎麼？我講了什麼奇怪的話嗎？」

夏凪重新回想自己剛剛的發言，這才察覺。

「——對了。亞伯最大的目的是**偷走虛空曆錄**。夢幻島計畫原來只是個幌子。」

換言之，今後同樣的事件還會繼續發生。

直到那傢伙找出所有指引《虛空曆錄》位置的地圖。

「這麼說來，亞伯以前也……」

聽到我如此呢喃，夏露立刻把頭抬起來。

「夏露，妳記不記得？以前我和希耶絲塔曾有一次和亞伯間接扯上關係的那起事件。印象中那時候妳也在吧？」

「……是呀，你這一說我也想起來了。大概是三年前吧？在新加坡共和國發生過亞伯試圖偷走一件國寶項鍊的事件。而據說那個項鍊中藏有指引《虛空曆錄》位置的地圖……」

那是以前我和希耶絲塔在世界各地流浪時發生的事情。我們當時接受了某個人物的委託，負責保護那條項鍊。就在那時候曾經一度與亞伯敵對。當然，亞伯是另外安排實行犯人就是了。

就這樣，亞伯當時直到最後都沒有親自現身，而我和希耶絲塔也因為過著與《SPES》交戰的日子，那場對決最終不了了之。不過原來亞伯到現在依然跟那時候一樣在尋找《虛空曆錄》的地圖嗎？

『當然，目前還不能排除只是偶然的可能性。』

映在投影牆上的萊恩再次開口如此表示。包含大神在內，那兩人似乎一開始就是為了討論這件事情才把我們集合起來的。

『究竟是這次被夢幻島計畫盯上的目標恰巧是與《虛空曆錄》相關的人物，或者收集地圖果然才是對方真正的目的？假如為後者，亞伯又是想利用《虛空曆錄》做什麼事情？目前還有太多問題連假說都無法推想，但《名偵探》說得沒錯，我們必須先擬定策略。』

萊恩說完後，房間裡又陷入短暫沉默。

大家都在等待某個人發言。

「喂，臭小鬼，你講話呀。」

「不對吧？應該是妳要講話啊，風靡小姐。」

緊繃的氣氛頓時鬆弛些許。

「我只是想說把出場機會讓給主角比較好。」

「用不著那樣雞婆啦。然後呢？風靡小姐，這下該怎麼做？」

如今我們逐漸看出亞伯真正的目的了，那麼接下來該如何行動？追捕那傢伙本來是《暗殺者》負責的使命，因此有必要聽她的判斷。

「哈！怎麼？如果我下達指示，你們就會乖乖聽我的？」

「呃，該怎麼講？反正我要是不乖乖服從指示，妳也會用暴力強迫我服從吧？」

「同意，這個人只要遇到事情不順自己的意思就會發飆到讓人不敢相信的程度。」

「兩個臭小鬼，你們等會給老娘留下來。」

風靡小姐用魔鬼般嚇人的眼神瞪向我和夏露。

『妳很受到同伴們信賴嘛，風靡。』

萊恩看著這幅情景，不知為何滿意地點點頭。

風靡小姐則是「沒一個正常傢伙」地抓著頭嘆氣。

「算了，也罷。剛才討論的這些，我沒異議。假如亞伯真的企圖接觸虛空曆錄，無論他目的為何，都必須阻止。」

她說著，環視我們，發表今後的行動方針：

「散落世界各地的那些指引《虛空曆錄》(Akashic records)位置的地圖，由我們親手回收。」

◆兩名得力右手

指引虛空曆錄位置的地圖。

字面上講起來簡單，但現在究竟是由什麼人以什麼樣的形式保管著……光是要知道這點感覺就很困難了。畢竟這些都是世界上最重要的機密事項，可想而知應該會受到《密佐耶夫聯邦》，還有以其為中心設立的《聯邦政府》嚴格管理。

就像《名偵探》夏凪渚詢問政府高官的時候……

『對於《虛空曆錄》相關的事項，我們不具備回答的權力。』

對方的回應只有這樣，問不出任何我們期待的情報。

然而就在那之後，《巫女》米亞・惠特洛克窺視未來的能力又再度預言出會被捲入夢幻島計畫的受害者。人數總共七名。《暗殺者》加瀨風靡看了那份名單後領會似地點點頭，並開口表示：

『當中至少有三個人是地圖持有者沒錯。』

看來她也透過獨自的手法調查到了這個程度。

講白了就是諜報行動。萬一曝光恐怕就會被政府視為間諜，甚至連《調律者》的身分都可能不保……但是對於我這樣的擔心，她卻回說：

『君塚，你記得一點。所謂的正義，在面對真正的邪惡時根本靠不住腳。』

若加瀨風靡是正義，那麼真正的邪惡是指亞伯吧？意思說為了抓到那傢伙，要自己鋌而走險也在所不惜嗎？

假如是這樣，她那份使命感又是從何而來？不惜撼動自己的正義也要消滅邪惡的那份意志究竟源自何處——

然而風靡小姐沒有再多說什麼，帶著萊恩與夏露兩人飛往異國了。目的只有一個，就是回收指引《虛空曆錄》位置的地圖。我們為了確保安全性而必須由兩人以上組成小隊，但同時也要有效率地搶在亞伯之前收集地圖才行。

於是乎，剩下的成員——我、夏凪與大神也同樣三人一起行動了。

依循米亞的預言內容，我們來到的是位於東南亞的島國——新加坡共和國。這裡應該也有指引《虛空曆錄》位置之地圖的持有者，不過……

「我說～會不會太熱啦？現在真的是九月？」

藍藍的天空，高高的太陽。飛機抵達當地，我們一走出機場，夏凪就受不了了。

「畢竟這裡是高溫潮溼的國家嘛。我們去年也是這個時期來的不是嗎？」

當初希耶絲塔進入沉睡後沒多久，我們就在《聯邦政府》高官艾絲朵爾的召喚下帶著齋川與夏露一起拜訪過這個國家。當時夏凪在這裡正式就任為《名偵探》，而這次是睽違一年的再訪。

「總覺得比去年還熱……君塚，讓地球停止暖化啦。你不是《特異點》嗎？」

「哪來那個方面的設定啦！來，抬頭挺胸。」

我說著，作勢輕輕拍打她的背部，卻被她慌張躲開。

「……我現在流汗，不要碰。」

夏凪害羞地把臉別開……下次我就注意一點吧。

「話說君塚，你約的人呢？」

「嗯，應該已經到了才對。」

我透過某項人脈，成功與地圖的持有者取得了接洽。我有事先告知對方抵達這裡的時間，而對方說會派車到機場來接我們才對……

「你所謂的那個人脈，是可以信任的對象吧？」

大神如此從旁插嘴。他還是老樣子一身西裝打扮，頭髮也往後梳得服服貼貼。

「應該吧。對方是以前我和希耶絲塔在這國家工作時認識的關係人。」

就像上次提過的，我和希耶絲塔曾經在這地方保護過指引《虛空曆錄（Akashic records）》位置之地圖的經驗。當時的地圖持有人最近因病過世，據說是由親人繼承了地圖。

「這次亞伯也休想把地圖搶走。」

剩下的問題是，如果現在的地圖持有者願意跟我們合作就好了。

「——恭候多時。」

就在這時，有人忽然從背後向我們搭話。

回頭一看，是一名身穿灰西裝的男子。對方朝我們行禮後表示「敝人是尤翰老師的代理人」，並遞出名片。

——林尤翰。此人正是地圖的持有人，也是我們準備見面的對象。代理人接著告知我們最快也要到下午五點才能和尤翰會面，因此在那之前請自由活動，並交給

我們一張信用卡後行禮離去。

「看來就是這樣啦。妳有何打算，夏凪？」

到約定的時間還有五個小時。對方給的這張黑色信用卡似乎可以任我們使用的樣子。要去哪裡呢？

「去跟君塚的笑話一樣冷的地方。」

「太不講理了。」

於是我們三個人搭上計程車，前往附近的購物中心。

冷氣爆強的館內可以讓人暫時忘卻外頭的炎熱。我們首先為了填飽肚子，進入一家餐廳。我、夏凪與大神就這麼三人共餐了。

「嗯？好好吃！」

夏凪吃辣椒蟹吃到一臉陶醉，彷彿臉頰真的都要融化了。

然而她嘴角卻沾到紅色的醬汁。像這種地方就真的還是個小孩子——我如此想著，並拿出手帕。可是……

「名偵探，恕我失禮。」

坐在夏凪旁邊的大神先拿手帕幫她把醬汁擦掉了。

「……啊哈哈，有點丟臉呢。」

「女性就是要稍微俏皮一點會比較有魅力。」

聽到大神如此回應，夏凪眨眨眼睛後「大神先生真會說話」地笑了一下。

……我到底是在看哪齣戲？

「怎麼啦，君塚君彥？你看起來很不開心啊。」

「囉嗦，我本來就是這張臉。」

拿叉子一點一點文雅地戳肉也讓我煩了，於是我乾脆大口啃起紅色的螃蟹。

「我也把頭髮綁起來好了。」

結果夏凪大概是想學我豪邁的吃法，先用橡皮圈把頭髮綁到後面。

自從她去年夏天一口氣把頭髮剪短之後，有一段時期她都維持著短髮的造型。不過到最近好像又有點留長了。

「哦，那也不錯嘛。」

「哇，好稀奇。原來君塚喜歡馬尾？」

「沒有男人會討厭馬尾吧？」

坐在旁邊那位故作一臉輕鬆的大人肯定也是一樣。

「等稍微再留長一點，很久沒綁的那個應該也能綁了。」

「妳說那條緞帶啊。」

宛如象徵夏凪激情性格的大紅色緞帶。那原本是希耶絲塔的東西，後來傳承給了夏凪。而自從她去年剪頭髮之後，現在似乎很寶貝地收藏著。

「那大概還要過多久？妳的頭髮一天會長幾公釐？」

「沒看過你這麼興奮的……」

夏凪不知為何被嚇得有點往後縮，但接著又輕輕微笑。

「你可要先想好許多誇獎我的話呦。」

現在還很短的馬尾輕輕搖了一下。

用餐結束後，我們在夏凪的要求下決定去購物了。

「那麼君塚、大神先生，我去去就回！」

夏凪說著，立刻快步跑進一旁的名牌精品店。像這種部分她就很有女大學生的樣子。

「她已經完全顧不得我們啦……」

「哈！像這樣專心致志的態度正符合正義使者的風範。」

大神說著似懂非懂的發言，慢慢跟在夏凪後面。

「大神，話說你真的太寵夏凪了吧？」

「那不就是身為名偵探的得力右手應盡的職責嗎？」

所以你到底要當自己是代理助手到什麼時候？

「你這次也打算扮演夏凪的輔佐嗎？」

「不，這次的事件我要基於我自身的理由參與其中。假如亞伯的真面目是《怪盜》，那麼將他逮捕也等於是幫亞門報仇了。」

「……原來如此。你好像說過殺害你那位故友的《七大罪魔人》有可能是《怪盜》創造出來的。」

果然，跟這次的作戰計畫扯上關係的人每個都是跟亞伯恩怨匪淺的人物。所以才能互相信任吧。

如此這般，我和大神遲了一些也跟著進入精品店。結果夏凪一發現我們，就把拿在手上的兩件連身裙亮給我們看。

「嘿，兩位！你們覺得哪一件比較好看？」

我和大神互瞄一眼，各自伸手指向左邊與右邊。

「……！這樣呀，那我兩件都買好了！」

原來如此。看來這次的正確答案是兩個人都當助手的樣子。

用剛才那張信用卡結完帳後，夏凪又接著前往下一間店。留下我和大神，以及裝有大量衣物的紙袋。

「大神，你也稍微提一些。不要一個人故作輕鬆。」

「真是沒辦法。」

於是大神收下一半的紙袋，提到自己的右手。

然後不知為何看向我，揚起嘴角。

「……你還是給我還來。夏凪的得力右手只要我一個人就夠了。」

「這種話，我奉勸你當著面直接對她說。」

◆交涉人，夏凪渚

後來我們三個人繼續購物吃飯消磨時間，直到深夜才總算接到代理人的聯絡。我們被叫來的地點是位於某間高級飯店最頂樓的酒吧。在入口處接受搜身檢查之後，踏入據說被包場的店內。

「歡迎各位大駕光臨。」

坐在寬敞的沙發席深處的人物如此對我們搭話。此人正是指引《虛空曆錄》(Akashic records)位置之地圖的持有者，同時也是新加坡共和國的國會議員——林尤翰。

「同時也很抱歉，還麻煩各位調整會面時間。」

年僅四十多歲的他雖然以政治家來說較為年輕，但已經有過多次身居要職的經驗，也是下個世代的領袖人選。不過這也是當然的，畢竟他的父親林慮先是前任的首相。

「聽說家父生前受過關照。」

尤翰說著，與我握手。

他的已故父親——林慮先正是地圖的前任持有者。

「我再怎麼誇張也不記得自己有關照過一國的首相。如果有也是前一任的偵探關照的。」

「哈哈，原來是這樣。來，坐吧。看你長相如此年輕，但應該是可以喝酒的年齡了吧？」

於是我和尤翰臉上都帶著跟這段客套話相符的微笑，坐到沙發上。夏凪則是感到不可思議似地看著這一幕，並坐到我旁邊。

「總覺得君塚看起來像大人一樣。你已經很習慣這種場合了？」

哎呀，畢竟以前希耶絲塔逼我陪她一起經歷過很多次類似的狀況。

「好啦，關於你們這次來訪的目的，我記得是……」

「對，有個人物盯上了你持有的指引《虛空曆錄》(Akashic records)位置的地圖。」

而為了防止這種事情發生，我們希望代為保管地圖——我如此將事前已經告知過的來訪目的再說一次。

「原來如此。亞伯又在打這東西的主意。」

尤翰仰頭飲下一口威士忌，瞇細眼睛。

「那叫夢幻島計畫是吧？身為地圖持有人的我，有可能被遭受亞伯唆使的小孩殺害……是這樣嗎？」

不愧是政治家，他相當冷靜地簡潔整理自己目前面臨的狀況。

「可預想的加害人有兩位。」

結果依然站在旁邊沒有坐到沙發上的大神豎起兩根手指。

「您的兒子和女兒——也就是十六歲的長男隆保以及二十三歲的長女梅芳。按照目前為止夢幻島計畫的加害人年齡來推測，我想長男隆保被選上的可能性比較高。」

「是啊，我也這麼認為。我那長女現在渡海在國外當記者，暫時應該都不會回國。」

尤翰的長女——梅芳。其實以前我和希耶絲塔在地圖事件中也跟她有過交流。看來她現在過得很好。

過去的委託人或偶然相遇過的人物，有時候會在未來再次結緣。希耶絲塔對於這點相當重視，而且像這次我們得以跟尤翰會面也確實歸功於過去的緣分。

「問題在隆保啊。最近我的確很少跟那孩子講話。當然，我覺得並不至於到家庭不和的程度就是了。」

原來如此，尤翰本身的認知是這樣。但就算事實真的如此，也跟亞伯沒有任何關係。畢竟那傢伙擁有據說能夠強制改寫別人內心情感的《暗號（code）》。

「請問可以把地圖交給我們嗎？」

我正式向尤翰如此表示。

趁地圖還沒被亞伯搶走之前。趁尤翰還沒被兒子隆保殺害之前。

「我這個人，並不會吝惜自己的性命。」

尤翰用指尖戳著酒杯中的球形冰塊。

「家父也是如此。我們的生命早已獻給了國家。因此我不會那麼輕易把繼承自先父的那東西交出去。畢竟那地圖的價值可是遠比我的生命還貴重得多。」

……他竟然不惜做到這種程度也要保護那份地圖嗎？

那個虛空曆錄（Akashic records）究竟是什麼東西？到底有誰知道那東西的真面目？

「不過要是再這樣下去，那份比性命還重要的地圖就可能被亞伯奪走了。」

「是啊，沒錯。但是**我也必須考慮到你們有沒有可能就是那個亞伯派來的使者。**」

下個瞬間，一群身穿深色西裝的男子們一起將槍口指向我們。他們並不是《黑衣人》，應該是尤翰的護衛。這下我們無法輕易動彈了。

「哦？看來你們也有個優秀的保鑣。」

然而，尤翰反而感到佩服似地瞇起眼睛。順著他的視線望過去，看到的竟是舉槍瞄準尤翰的大神。他從剛才都沒有坐到沙發上，原來就是為了預防這種狀況。

「你是怎麼瞞過搜身檢查的？」

「這是身為公安警察的必備技能。」

大神不再對尤翰使用敬語，並扳下手槍的擊錘。

「等等，大神先生！」

就在這時，夏凪大聲叫道。

「拜託，這裡請交給我。」

她那對赤紅的眼睛主張著——這裡要由自己出場。

「……我相信妳。」

結果不需要夏凪用上《言靈》，大神就主動把槍放下。見到這一幕的尤翰也比出要護衛們把槍口放下的手勢。

「——三個月。只要把地圖寄放在我們這裡三個月就好，可以嗎？」

夏凪對尤翰開始交涉起來。

「在這段期間內，我們必定會逮捕亞伯，並且把地圖交還給您。」

「要我怎麼信任你們？」

「從現在開始的三個月，我一定會把今天在貴國買的衣服、鞋子或包包穿戴在身上。您可以在上面裝定位器。」

夏凪說著，把尤翰借給我們的信用卡歸還本人。

「也就是說，我可以監視妳的動向？」

「是的，只要您判斷我背叛了您，或者失手讓地圖被亞伯奪走，您隨時可以把我擄走。」

到時候由我來代替地圖的存在——夏凪抱著強烈的意志如此注視尤翰。

「您所執著的其實並不是地圖本身。如您剛才自己所說，對您來說最重要的既不是地圖也不是自己的性命——而是國家。這個新加坡共和國的國家立場與國家利益。」

尤翰的眉毛微微動了一下。

他——或者說這個國家——恐怕和《聯邦政府》有進行某種交易。例如只要持續保護這份地圖，就能與密佐耶夫聯邦國締結有利的條約之類。因此反過來說，那份地圖對於尤翰而言終究只是一種保護國家的手段。

「因此即便我萬一失敗讓地圖被搶走，您依然可以繼續保有和《聯邦政府》對等談判的籌碼。那就是全世界僅有十二名的《調律者》，這樣貴重的交涉材料（人質）。」

這個講好聽是有膽識，講難聽點就是有勇無謀。沒想到居然會把自己當成人質請對方交出地圖。然而夏凪就是會幹出這種事情。

「啊，不過等等喔。好像有個比我更適合當人質的人物。」

她這時似乎想到什麼事情似地看向我。難道說……

「妳、妳不是最近才罵過夏露對我的待遇嗎！」

「啊哈哈，可是你想想看嘛。比起《名偵探》，《特異點》好像感覺比較強吧？」

「不要把人的價值講得像撲克牌的牌型強弱好嗎！」

呃不，現在可不是抬槓的時候。

我戰戰兢兢地窺視尤翰……結果發現他對我們這段搞笑相聲毫不理會，似乎在思考什麼事情似地緩緩喝著酒。

「…………」

就現況來說，要尤翰全面信任我們肯定很困難。

不過他應該也非常清楚，照這樣下去會有被亞伯奪走地圖的危險。那麼他想必……

「半年前，《革命家》那個女人來提議要代為保管地圖的時候，我也拒絕過她了。不過……」

尤翰把酒飲盡後，才總算看向夏凪。

「就三個月，我不會放鬆監視。妳可別以為能夠逃出我手中喔？」

「是，我明白。」

「那麼，妳拿去吧。」

一名深色西裝的男子將一只手提箱放到桌上。

箱中裝的是一條珍珠項鍊。

不過，那珍珠中埋藏有ＩＣ晶片。就是把引導《虛空曆錄》[Akashic records]位置的地圖裝在裡面的小小晶片。

「我收下了。」

夏凪表情嚴肅地頷首，但接著又鬆一口氣似地輕輕吐氣。

這是一場《名偵探》超越了《革命家》的大工作。

◆完全相反的路標

後來，我們的地圖回收之旅依然持續。

從新加坡回國後沒多久，我接著又飛往了美國的洛杉磯。

感覺就像以前跟希耶絲塔流浪了三年的那段日子。我對於這樣的行程安排雖然已經很習慣，但疲勞還是難免會累積。

「至少如果有人陪我講話就好了。」

這次的移動過程中只有我一個人。在新加坡同行的夏凪和大神，這次是加上夏露三個人到別的國家去了。

不過我這次也有其他同伴隨行。來到市中心的一條大馬路後，我站在路旁的指定地點等待同伴會合，結果看見一輛囂張顯眼的紅色跑車疾駛而來。

「幸好不是我認識的人。」

車上單手握著方向盤的是個穿著花枝招展的西裝並戴著墨鏡的男子，副駕駛座上也是個戴墨鏡的女子。實在不是我能相處愉快的人種，於是我把眼睛別開。

然而沒過多久，喇叭聲忽然響起。一輛車在我旁邊停下。正是剛才那輛跑車。

「嗨，久等啦。」

駕駛座的男人摘下墨鏡，然後副駕駛座的女人也是一樣。

「拜託你打扮得再顯眼一點吧。我剛剛還以為是什麼路人呢。」

對方全身飄散著菸味如此向我找碴起來。

……沒想到那兩人竟然是我認識的人。或者說就是萊恩跟風靡小姐。簡直糟透了。

「假如在驚悚片登場，你們絕對是第一個犧牲者。」

像是被連續殺人犯、外星生物或食人鯊之類的殺掉。

「我們才不會輸給那種貨色，反而會成為最強的間諜夫妻擔任主演才對。」

「誰跟你是夫妻，小心我砍你脖子。」

我聽著那樣一段狗都不想理的夫妻吵架，坐進車子的後座。我對於兜風沒什麼好印象的說……可是誰也沒聽到我的嘆氣，車子逕自往前駛去。

「雖然很久沒回來了，不過這城市開起車來果然還是很舒暢。」

萊恩說著，讓一頭鮮豔的金髮隨風飄盪。

「你是這國家出身的？」

「是啊，像我這種工作做久了，有時候都會忘記自己的源頭。」

萊恩．懷特據說是活躍於世界各地的國際刑警，可謂檯面上社會的正義象徵。就連風靡小姐也是對他毒舌的同時又認同他的本事。

「萊恩，你都沒想過要成為《調律者》嗎？」

舉例來說，過去曾名列《調律者》的佛列茲．史都華就是在檯面上當政治家的同時，又在檯面下擔任《革命家》的職務。我記得當時的他是市長，不過就算一國的首領其實在檯面下是《調律者》……這種展開我也不會覺得意外。

「那種事情可能很有難度喔。」

然而萊恩卻委婉否定了我的疑問。

「《革命家》基於職位特色姑且不論，但《聯邦政府》似乎相當重視權力的分散。他們認為讓特定人物在檯面上與檯面下兩邊的舞臺都過度持有權力，是很危險的事情，而我對於自己現在的立場也感到很滿足了。」

「……所以反過來說，身為《調律者》的風靡小姐，在檯面上的社會才會當個普普通通的警察是嗎？」

「是啊，以前我們互相約定過。我會在檯面上，而風靡會在檯面下保護這個世界。」

風靡小姐對於所謂的正義所表現的執著，我至今也目睹過好幾次。由於這份執著而造成我們之間的那場對立也已是一年多前的事情了。

不過她變成如此的理由會不會跟萊恩有關係？他們以前的約定又究竟是什麼？實在感到在意的我忍不住把視線轉過去……

「…………」

「不發一語地戴著墨鏡抽菸也太恐怖了。」

簡直像在警告我不准碰這個話題一樣。

「話說風靡小姐，這次的地圖持有者是？」

雖然我們現在應該就是開車準備去跟那個人物見面，但我還沒聽過詳細內容。

結果風靡小姐從副駕駛座向我遞出一張照片，上面映有一名大塊頭的男子。

「尼可拉斯・戈爾德施密特。現在已經退休的ＮＢＡ球員。實力自是不用說，全盛期更是人氣沖天。締結過無數的贊助契約，人說他光是吐一口氣就值百萬美元。」

「籃球選手啊。可是為什麼那樣的人會持有虛空曆錄的地圖？」

「簡單來講，就是靠強大財力買到了持有地圖的權力。或許他是把持有這種權力當成自己的一種身價吧。雖然他究竟是靠什麼手段獲得《聯邦政府》的許可，就不得而知了。」

原來如此，看來地圖的持有者並不一定都是政治家的樣子。

「然後呢？那個叫尼可拉斯的男人現在在做什麼？」

「他受了傷被迫退休之後似乎就酗酒成癮。與妻子離婚後，現在和十四歲的兒子一起住在以前家財萬貫的時期建起來的豪宅中。」

不愧是警察，調查得真快。

「既然家庭內部有問題，代表他果然符合夢幻島計畫的條件啊。」

據說米亞的預言中也有出現這個男人的名字。可見亞伯真正的目的就是奪取地圖沒錯了。但願我們可以順利搶在對手之前回收地圖……

「兩位，看來狀況有些變化了。」

我在後照鏡中看見萊恩瞇起眼睛。

車子接著右轉，進入一條小巷。

「有人在跟蹤我們。似乎有好幾輛車輪班監視的樣子。假如穿過這條小路之後還有藍色的福特車和我們隔著幾輛車子跟在後方，就肯定沒錯了。」

沒多久後，車子再度開上大馬路。

我裝作若無其事地轉回頭，便看到萊恩在講的車輛。於是萊恩把方向盤一打，又暫時溜進小路中。

「風靡，妳怎麼看？」

「可能是《黑衣人》，或者再高層一些的傢伙。」

「同意，而且我想恐怕是後者。」

不知是聽了萊恩這句話，還是自己察覺到什麼氣息，風靡小姐摘下墨鏡，抬頭仰望一旁的大廈──有個女性站在那裡，俯視著我們的車子通過大廈前。那人頭上還披著黑色的薄沙……

「那傢伙難道是……」

「是《革命家》呀。」

風靡小姐如此說道。果然，就是我之前在英國的《聯邦會議》時看過的那個女人。

「看來上頭那群人察覺了我們的動向，知道我們在擅自回收地圖了。」

意思說，那個《革命家》是受《聯邦政府》的指示來阻止我們的。

「難道不能說服對方說我們這麼做是為了阻止亞伯的計畫嗎？」

「本來這樣是可以講得通沒錯。但那群老頑固就是非常不願意讓我們跟《虛空曆錄》(Akashic records)扯上關係，所以應該無法接受說服。」

……原來如此。所以萊恩才會限定於值得信賴的同志們組團，執行這次的小隊作戰。只靠我們這些人回收地圖，阻止亞伯的計畫。

「萊恩，你還來得及。」

風靡小姐眼睛也沒看向駕駛座就這麼表示。

「你不像我和那個小鬼頭，還不完全算是地下社會的人。你至今也都努力和《調律者》拉開一定的距離，也盡力跟我避開關係。」

風靡小姐用輕鬆的態度表示著「所以現在還來得及從這件事情抽手」的意思。

「沒有必要連你也被《聯邦政府》盯上。你繼續當個清廉潔白的國際刑警，保持《純白的正義》……」

就在這時，跑車忽然緊急煞車停下。

「那天我們確實有約定過，妳從地下、我從表面守護這個世界。但是我不會為了守住那個立場就割捨同伴。」

而且──萊恩說著，揚起嘴角下車。

「妳也知道吧？我意外地心腸很黑啊。」

他接著望向前方幾十公尺處，降落到路面上的敵人。那個據說透過特殊的政治力量甚至能讓整個世界傾倒的女人──《革命家》。

「就這樣，風靡，車子交給妳開啦。那個由我來應付。」

「……你又想獨自一個人攬下麻煩事。」

風靡小姐很不高興地咂了一下舌頭，但幾秒鐘後……

「你可別被籠絡了，萊恩。」

「哈哈！交涉也是我的拿手強項啊。」

你們先走——萊恩頭也不回地送我們出發。

風靡小姐則是對他瞥也不瞥一眼，交棒握住方向盤——很快地，紅色跑車又往前駛去。

「好感人的信賴關係啊。」

「我有說過你下次再敢調侃我就殺了你吧？」

◆暗殺者保持沉默

「尼可拉斯・戈爾德施密特的家應該就是這裡了。」

風靡小姐拿地圖軟體與眼前的豪宅比對，並準備下車。

「喂，在磨蹭什麼？走啦，臭小鬼。」

「出拳揍人還裝得好像沒事一樣……」

坐在副駕駛座的我極力表現出怨恨的態度摸著自己的左臉頰。就在十分鐘前，這個暗殺者才對拿她和萊恩的關係調侃的我賞了一記右手直拳。

「誰叫你瞧不起大人。」

「只因為這種程度的事情就發飆的人稱不上大人！」

……嗚！開口大叫又害我痛起來了。

順道一提，被揍的當時我還因為疼痛跟驚嚇小哭了一下。

「你以前還不是把我揍飛過。」

「……那時候有正當的理由好嗎？」

我隨風靡小姐下車並跟在她後面。

尼可拉斯．戈爾德施密特的宅邸簡直巨大得像一座城堡。

「跟齋川家有得比啊。」

在這麼大的房子裡只有父子兩個人住，光想像起來就感覺有點寂寞……不過仔細想想齋川也是同樣的情況。雖然我聽說她那邊有家務助理也住在家裡。

「還是再多去她家玩玩吧。」

雖然前提是比以前更忙碌的她還有時間跟我玩就是了。

「不應門嗎？哎呀，不意外。」

風靡小姐按了一下戈爾德施密特家的門鈴，但沒有任何反應。不在家嗎？還是從大白天就在酗酒了？

結果風靡小姐一點也不遲疑地「踏踏踏！」爬上大門，接著把右手伸下來給我。

「妳沒忘記自己是警察吧？」

「說這什麼話？我只是在執行區域巡邏而已。」

我忍不住苦笑，並抓住她伸給我的手。

越過大門後，到住家玄關前還有一大片庭院。看起來沒怎麼在整理草木，大概也沒僱用園丁吧。

「現在才問這個可能有點晚，但你們都沒事先跟對方約時間嗎？」

「哦哦，十四歲的兒子有接起電話但馬上就被掛斷了。」

原來如此。雖然只是根據聽來的情報判斷，不過這個家果然怎麼想都有問題。類似這樣的屋子，我以前看過太多次了——跟著那位自稱是我師父的丹尼・布萊安特。如今我又跟這樣的問題扯上關係只是偶然嗎？還是……

「門開著。我們進去。」

我跟在轉開門把的風靡小姐後面穿過玄關，進入房中開始探索。

「這麼說來，我記憶中好像很少像這樣跟風靡小姐一起工作。」

以前我們經常會間接性地扯上關係，針對共通的課題進行討論的次數更是多不勝數。然而我幾乎沒有跟她直接兩人共事的經驗。

「你至少別扯我後腿。」

「妳就算拖著我也能動吧？」

這時，我不經意發現一旁的房門稍微開著。

探頭窺視，裡面似乎是小孩房間。除了書桌跟床之外沒什麼東西，簡單樸素。整理得整整齊齊，打掃得也很乾淨。

唯有一點令人注意的是，窗戶旁邊貼有一張大海報。上面印有好像不久前才看過的籃球選手。

「——拿著那麼嚇人的東西要幹什麼？」

從房間外傳來聲音。

我趕緊奔出房門，看到風靡小姐站在走廊遠處。

然後再更遠處還有一名少年——右手握著一把菜刀。

「尼可拉斯・戈爾德施密特的兒子嗎？」

他彎腰駝背，眼神空虛。看起來明顯不正常。

不會錯，他被亞伯的暗號……被Code操縱了。至於他手中握著那把菜刀準備做什麼事情，不難猜想。

「君塚，你退下。」

如此表示的紅髮暗殺者手中也不知不覺間握著武器，鋒利的野外求生刀呈現深灰色的光澤。

「風靡小姐，妳的目的是什麼？」

「當然是回收地圖。」

——原來如此。就她來看，那或許是正確的。無論以《暗殺者》的立場來說，或者以這次原本的任務內容來說。然而……

「我最大的目的，是不讓這孩子犯下殺人的錯誤。」

我走到風靡小姐面前。

這小孩也好，他父親也好，我都要救。假如現在《名偵探》也在場，或者丹尼·布萊安特在場的話，他們絕對也會這麼做。

「你應該沒有憎恨父親到想要痛下殺手的程度才對。」

管它是無憑無據的感性論也好，或者只是我的心願也好。

小孩子不可能憎恨父母到想要殺掉對方的程度——這種理論，只要找找全世界……不，光是日本國內肯定就有多到數不清的反駁案例。在這種事情上，實在不能只講體面上的好聽話。

但是，至少這孩子一定不是那樣。

例如他會把父親光榮一時的海報貼在房間，例如只有他的房間會打掃得那麼乾淨，例如這個家明明沒有上鎖，他卻沒有逃出去。這少年是按照自己的意志留在這個家的，因此……

「你不可能有理由揮舞手中那把刀才對。」

我用強而有力的話語揮散籠罩少年的惡夢。

要說我是模仿夏凪的《言靈》也可以。假如我的話語能夠否定眼前這個現實，能夠改寫亞伯的《暗號(code)》……

「………………」

我看到少年握著菜刀的手微微顫抖。

「你想對我兒子做什麼！」

就在這時，從走廊深處出現一道人影。是身高超過兩公尺的高大男人——尼可拉斯·戈爾德施密特，手中還握著一把獵槍。

「……！趴下！」

當風靡小姐如此大叫的時候，我的頭已經貼在走廊地板上了。或者應該說，是被風靡小姐本人壓到地上。

緊接著傳來槍聲。要是再晚個一秒，我身體大概就被開洞了。隨後，我看見一道紅色的影子如疾風奔馳。尼可拉斯驚訝得瞪大眼睛，不過依然站到兒子面前舉起獵槍。

「你開搶看看吧。」

第二發槍聲響起，同時傳來金屬碰撞似的聲音。光靠我的眼睛看不清楚——但恐怕是加瀨風靡的短刀砍斷了子彈。

「既然妳這麼強，拜託妳一開始就保護那小孩啊。」

接著，完成任務的短刀被丟向一旁，犀利一腳把獵槍踢斷了。

「這就是我持有的地圖。」

騷動平靜下來後，我們來到一間寬敞的客廳。

尼可拉斯・戈爾德施密特向風靡小姐和我遞出一個古色古香的懷錶。指引《虛空曆錄（Akashic records）》位置的地圖似乎就藏在其中。

「真的可以交給我們嗎？」

「沒關係，只要我繼續持有這東西，以後搞不好又會發生這樣的狀況。那我不如放棄它比較好。」

尼可拉斯看向躺在一旁的沙發上睡覺的兒子。大概是亞伯透過《暗號（code）》施予的洗腦被解除了吧，應該很快就會醒過來才對。

「看來我把腳伸得太長，踏足到了自己不應該接近的世界。」

身材高大的尼可拉斯縮著身體如此自嘲。

對於自己為了滿足自尊心或證明身價而把腦筋動到虛空曆錄上的事情，他似乎感到後悔了。畢竟就結果來看，那東西導致他這次成為被亞伯盯上的目標。

「做人還是別亂碰超出自己本分的東西才對。」

尼可拉斯露出某種恍然大悟的表情，這麼呢喃。

後來我們走出屋外時，天色已徹底暗下來了。

「萊恩叫我們過去接他了。」

風靡小姐看著手機確認訊息。

那麼應該可以判斷萊恩跟那個《革命家》的戰鬥——或者交涉——暫時告一段落了。我鬆一口氣後，抬頭仰望天空。

一輪勾月浮現在幽暗的夜空中。

「我所謂的本分，恐怕早就壞了。」

我忍不住脫口而出的一句話，讓準備坐上車子的風靡小姐停下動作。

「從自己本來的故事脫軌出來，連累到許許多多的人，又把腳踏進了世界的禁忌之中。然而，做為最起碼的責任，我直到最後都不能停下腳步。為了超越自己被賦予的『角色』。」

就像吸血鬼之王最後對我說過的話。

「這樣呀。反正是你的人生。要把其他人都捲進來也好，把整個世界都捲進來也好，包含這些在內都是你的人生。隨你高興去做吧。」

「真難得妳會這麼溫柔。好像母親一樣。」

「我還沒到會生下你的年齡。你要把右臉也給我揍嗎？」

拜託妳不要。我剛剛才體會過妳是個開不起玩笑的人啊。

「但是假若你恣意妄為的結果導致正義蕩然——到時候我就不會對你手下留情。」

「嗯，我反而比較感激妳這樣的立場。」

我們這時才總算四目相交，彼此聳聳肩膀。

「風靡小姐，妳當初為何會當警察？」

其實要問「為何會當調律者」也可以。我隱約覺得這兩者都是同樣的答案。

風靡小姐把身體靠在車上，點燃香菸。

「魔法少女和吸血鬼對於你這種問題有回答過嗎？」

「莉露依舊隱藏著祕密，史卡雷特則是交雜謊言。」

然而那女孩和那男人都講到了自己的過去。

因此風靡小姐應該也是儘管交雜祕密或謊言，依然會對我說些什麼吧……這種想法，是不是太天真了？我們之間已經認識了六、七年，然而我對於加瀨風靡的個人情報實際上一無所知。

「你沒必要知道。」

她長長地、長長地把煙吐出。

「我的故事、我的過去，你不需要知道。為什麼我會成為警察，為什麼會成為調律者，全部都跟你沒有關係。就像你用你自己的方法展開自己的故事一樣，我也會照自己的意思去做。」

她如此述說的表情雖不算開朗，但也不會感覺黯淡。唯一可以確定的是，我沒辦法從她口中再問出更多了。

「妳的戒心還是這麼強啊。」

「哈！我只是身為一名國家公務員盡到保密義務罷了。」

風靡小姐把看起來應該還能抽很久的菸塞進菸灰缸中捻熄，並早我一步坐上車子。

「如果想知道我的事情，等你長大一點再說吧，這個臭小鬼。」

看到她如此說著，難得揚起嘴角的表情，我心中有何感想……

在這邊就暫且不提了吧。

【15years ago Fubi】

「原來妳在這裡啊，風靡。」

等待火葬的這段時間，當我站在屋外吹風，萊恩・懷特就忽然丟了一個罐裝飲料給我。我本來還全身釋放出「別跟我講話」的氛圍，但是對於不懂得察言觀色的這個男人似乎沒效。

「人生中再沒有比等待人的遺體被燒盡更空虛的時間了。我由衷這麼覺得。」

萊恩如此說著，「坐吧」地把一旁的階梯當成椅子坐下。於是我坐到跟他稍隔幾階的地方。

「將不可能再復活的遺體永久保存也沒意義。即使要土葬，土地空間也有極限。無關乎宗教觀念，火葬是相當合理的制度。」

我說著，拉開罐子的拉環啜飲一口飲料。人工砂糖的甜味頓時在口腔擴散。

「妳真的是中學生嗎，風靡？」

萊恩看著我，不知為何露出寂寞的笑容。然後……

「但是風靡，現在在燒的可是妳父親。妳可以再悲傷一點。」

父親死了。我並不是尚未接受這項事實。

兩天前收到死訊後，辦過守夜，辦過葬禮，然後現在正在燒骨灰。

即便親眼目睹過這些現實，我依然沒有像電影的登場人物一樣沉溺於悲傷之中。

「並不只是電影或電視劇而已。」

萊恩彷彿聽到我心中在想什麼似地說道。

「就算在現實世界，遇到親人死了正常來講也會感傷的。尤其像妳的狀況，是父親一個人把妳從小拉拔長大的。」

這或許是對的。我不認為萊恩說的話有什麼錯。就算是我也能理解他講的這些是社會上的一般常識。然而……

「為什麼偏偏是你來跟我講這種事？明明你現在的境遇跟我是一樣的。」

兩天前，萊恩的父親也過世了。

是巧合嗎？不是。

因為是跟我父親在同一個現場，死於同一個原因。

前幾天在日本舉辦了主要國家首腦會議，通稱首腦會議。而在會場發生了一樁自爆恐怖攻擊。

凶手把炸彈綁在自己身上，企圖攻擊密佐耶夫聯邦國的首腦。

然而就在即將犯行之前，凶手被兩名警察制伏，避開了最壞的狀況。可是——兩名警察自己被爆炸波及了。負責護衛重要人士的那兩位警察，就是我和萊恩的父親。

「我們的父親是為正義而死的。從惡劣的恐怖分子手中保護了重要人物，因此殉職。我認為應該引以為傲。」

萊恩說著，仰望藍天。剛才那樣自以為是地對我發表高論……不，應該說很笨拙地想要安慰我的萊恩，其實自己也沒流過一滴眼淚。

「我的父親也好，萊恩的父親也好，直到死前那一刻都在奮鬥。連落淚的時間都沒有，只顧貫徹自己的正義。看著他們的背影長大的我們，怎麼可以流淚？」

「……真不愧是那個人的女兒。妳毫無疑問繼承了他的遺志。」

萊恩很瞭解我的父親，而我同樣很瞭解萊恩的父親。我們比誰都清楚，他們始終致力於守護國家、守護城鎮、守護人們與性命。

「不過，風靡。」

萊恩的語氣忽然變了。

「照這樣下去，妳的心遲早會壞掉。妳最好多學學嬌慣自己的方法。」

「你意思說我在虛張聲勢？」

「不，恰恰相反。妳講的確實都是真心話。但妳的身體還沒跟上妳的內心。」

他究竟在說什麼？

就在我摸索他的真意時，他輕輕伸手指向我。

「妳的眼睛從剛才一直在流淚啊。」

被他這麼一說的瞬間我才察覺到，不知不覺間流落臉頰的溫暖觸感。

「當內心與身體距離得越遠，就會變得越沒辦法控制自己。若想要繼續貫徹正義，我們就不能誤判自己的真心。自己真正在想什麼？是個懷抱什麼期望的人？絕不能對這些問題視而不見。」

這男人總是這樣。是年齡差嗎？性別差嗎？

不，我們之間存在著更大的某種難以言喻的差距。這男人總是獨自窺探著那道高大牆壁的另一側。所以，這次也是──

「我聽說你要去美國了。」

我如此脫口細語。

「是啊，靠父親的關係。我暫時都不會回日本了。」

我知道。

這男人本來就是那個國家的人，現在只是回到他該回去的地方，然後將來，他肯定——萊恩・懷特肯定……

「我也會成為警察。」

縱然心有不甘，此刻還是承認自己哭過的事實，擦掉眼淚。

我並不是要繼承父親的遺志還是什麼的。只是……

「我要親眼見識看看，那個人想要守護的世界究竟是長什麼樣子。」

父親賭上性命守護的這個世界究竟是什麼？正義究竟是什麼？

我想要知道的，是這些真面目。

「那麼風靡，妳也要來美國嗎？只要我幫妳說個話……」

「不，免了。」

我不把萊恩的提議聽到最後，站起身子。

萊恩・懷特肯定就像他的名字（White）一樣，會成為一名清廉潔白、令人引以為傲的警察。做為一個強大而正確，貨真價實的正義使者，活躍於世界各處。

既然如此，不需要有兩個都朝著相同方向的人。

「我會從不同的方向尋找自己的正義。所以萊恩，我們就此別過了。」

這次淚水是真的流光了。我抬頭瞪向藍天遠方隱約可見的烏雲。

「妳有門路嗎？」

「誰曉得呢？」

但是我知道。不，萊恩應該也有察覺了。我們的父親**並不是普通的警察**。

因此只要我真心期望，堅定意志，總有一天會被人察覺並前來接觸。世界上某個地方肯定存在有透過非正規管道成為正義使者的方法。

「我要靠這個方式爬上去。」

爬上巨大的高牆，飛上一萬公尺高空，然後又更高的地方。究竟要高到什麼程度，才能從上方窺見這個世界的存在方式？唯一可以確定的是，這想必會是一段漫長的旅途。

「是嗎，那麼，我們總有一天會在哪裡重逢吧。」

「你有沒有在聽人講話？我說過我會從跟你不同的方向……」

就在這時，我忽然感受到被人從背後輕柔擁抱的觸感。

「以前曾經有個學者不惜賭上自己的性命證明了這個地球是圓的。所以只要我們不停下腳步，肯定有朝一日會再交錯。」

萊恩在耳邊如此細語後，輕輕放開我的身體。

「……別以為自己講話很動聽。」

「哈哈！妳還是這麼嚴苛。」

萊恩一如往常地笑了，我也在無可奈何下準備回他一個微笑……但是想到自己剛剛被這男人看過淚水，便馬上作罷。

要是連自己的笑臉都被他看到，總覺得有點不爽呀。

【第三章】

◆偶爾享受一下大學生活

漫長的大學暑假結束了。

雖然回收《虛空曆錄(Akashic records)》地圖的工作依然在持續，但也不是一直都會被分配到任務。因此在空出來的時間，我和夏凪都會到大學上課。

今天也是第五堂課結束後，夏凪約我一起留在大學內的圖書館。在這裡念書做功課到晚上，回家時一起吃晚餐——這樣的生活最近變多了。

「嗯～好累呦。」

來到圖書館一個半小時。

讀著一本艱深書籍的夏凪用力伸起懶腰，導致她的胸部也跟著被強調出來。老實說，真的讓人不知道視線該往哪裡擺，因此我索性不把眼睛別開了。

「喂，你也看太多了吧？」

「抱歉，我想說應該可以被原諒。」

「君塚，你去給大人們徹底罵一遍比較好喔。」

這個變態——夏凪露出傻眼至極的表情朝我瞪來。

要是被告上法庭百分之百會是我輸，於是我趕緊扯開話題：

「妳今天又在讀這麼難的書啊。」

「畢竟我不像希耶絲塔懂那麼多知識，所以多多少少要努力追上才行呀。」

就我的觀察，夏凪最近經常在讀書。類型五花八門，從古典文學到描述世界史的歷史書籍，乃至生物辭典都讀。她是按照自己的意志，想要成為貨真價實的《名偵探》。

「這麼說來，君塚，你最後有跟希耶絲塔見到面嗎？」

「有啊，今天早上。雖然其實已經過了探望時間，但我硬是拜託見上了一面。」

這是希耶絲塔的移植手術及其準備工作之前的最後一次探望機會。據《發明家》史蒂芬說，最快也要兩個月後一切才會結束，讓我們可以再次與希耶絲塔見面——雖然不曉得到時候她會以什麼樣的狀態清醒過來就是了。

「是喔，我是昨天晚上自己一個人偷偷去的。」

「為什麼不今天跟我一起去？」

「有些話是只有女生之間可以講的啦。」

是這樣喔。總不會是在背後講我壞話吧？

「在我之前夏露好像也來過了。諾契絲跟我講的。」

「是喔，她心中應該也有很多想法吧。」

尤其是現在，夏露個人面臨著很大的問題。假如希耶絲塔還在，她肯定有些事情想商量吧。畢竟從以前開始，希耶絲塔就是對夏露來說，唯一可以暴露自己弱點的存在。然而現在……

「君塚，夏露的事情就拜託你囉？」

結果夏凪也不知道是不是聽見我的心聲，竟對我說出了這種話。

「我是不會拒絕啦，但為什麼偏偏要我來？妳應該也知道我和夏露的關係……有點『那個』吧？」

「我是知道啦。不過正因為這樣……吧。」

夏凪委婉說著，露出苦笑。這麼說來，不久前她也叫我陪夏露一起去找過母親。

「那個，你想想看嘛。關心君塚跟夏露的關係也是歷代偵探的工作呀。」

「……妳們的交接事項中連那種工作都有寫嗎？」

「啊哈哈，你臉好臭。」

夏凪笑著，用原子筆不尖的那一端戳我的臉頰。

「也不想想是誰害的。」

「沒關係，反正我喜歡你這個表情。」

「話都是妳在講……」

正當我們如此互動的時候……

「看來我的推測果然沒錯。」

忽然傳來第三者的聲音。

「你似乎對她感到很親近。」

抬起視線一看，有一名身穿白袍的男子站在那裡。

是心理學院的教授兼催眠師——

「——守屋教授？」

夏凪驚訝得睜大眼睛。

「你們這個時間還留在圖書館用功的精神值得嘉獎。雖然同時也在享受青春的樣子就是了。」

被他這麼一說，夏凪尷尬地清了一下喉嚨。

我們和守屋教授的初次見面是在剛進大學時的一場試聽課程上。當時我和夏凪親身體驗到他透過催眠術上課的有趣之處，因此這幾個月來也有繼續上他的課程。

「話說教授為何會在這裡呢？」

「我有點事情要到書庫去。找一些研究要用的書。」

守屋教授面對夏凪還是老樣子露出柔和的笑容，用沉著的聲音如此回答。這也不難理解他為什麼在女學生之間的人氣會那麼旺……結果不知不覺間，他這次朝我看過來。

「請問您又想讀我的心事了？」

四月的那場視聽課程上，守屋教授說中了我內心「似乎正面對一項重大的問題，感到猶豫」。當時我的確正為了希耶絲塔的治療方針感到煩惱。

「不用，現在的你看不出濁色。沒有像以前那樣的迷惘，也很清楚自己現在應當背負的使命。甚至還有餘力將手伸向周圍的人，站在支持別人的立場。」

……你這不是已經把我的心都讀透了？

結果守屋教授的表情變得略為陰暗，繼續說道：

「然而在這種狀況下，你同時必須做好覺悟才行。也就是萬一你所支持的對象沒能實現心願，也要接受那個結果的覺悟。」

他這句話又再度深深刺入我的胸口。

一心期望能拯救什麼人，拚命展開並伸長自己的雙手，想要實現那份理想——但萬一心願落空的時候呢？到時候，我……

「哦哦，抱歉。我並不是要嚇唬或威脅你的意思。」

守屋教授把手放到我和夏凪的肩膀上，留下一句教誨：

「我只是希望你們這些前途無量的學生們能夠盡情煩惱、盡情思考，然後懷抱著自己堅韌的《意志》活下去。我的工作就是要傳授你們這些道理。」

◆改變世界的《意志》

隔天，由於受到某個人物傳喚，我坐上了《黑衣人》駕駛的車輛。結果在車上手機響起，於是我看了一下來電者的名字後接起電話。

『你最近好像都沒有跟莉露定期聯絡的樣子喔。』

電話中傳出心情極度不悅的魔法少女——莉洛蒂德的聲音。

「我現在才知道有什麼定期聯絡的制度。」

『就在剛剛通過了這條法案啦。使魔必須每三天跟飼主聯絡一次。你要好好關心國會直播呀。』

「是喔，那我以後選舉會記得去投票。」

我和她如此隨口抬槓並看向車窗外，稍微遠離了都會區的景色快速往後流去。

『你正在出門途中嗎？』

「是啊，被某位跟妳不同的《調律者》叫去見面。」

我如此回應後，兩人都暫時沉默了一下。

『對不起喔，這次莉露也幫不上什麼忙。』

雖然她沒有具體說明，但莉露打這通電話來是因為在意著什麼事情其實不言而喻。

「追捕亞伯本來就是屬於《暗殺者》的使命。《名偵探》和《巫女》會參與其中也是形勢所趨，或者說適得其所……莉露不是也有自己的工作嗎？」

『很難講。莉露也幾乎沒有以《魔法少女》的身分進行活動了。』

莉露略帶自嘲地說起她目前被分配到的工作。

『只是把古今東西、世界各地發生過的《世界危機》以及解決事件的《調律者》的活動內容記錄到書本中而已。這根本是即將退休、連電腦都不會用、徒有管理階層稱謂的人在做的工作嘛。』

「拜託妳不要講這種會傷害到特定族群的發言好嗎？」

話雖如此，但這想必也是《聯邦政府》最起碼展現的好意吧。為雙腳無法行動的莉露安排她能做的工作——

「不過那肯定也是非常重要的工作。在世界上發生過什麼事、誰出面拯救、誰獲得拯救——將這些紀錄流傳給後世絕對也是很有意義的。」

例如《巫女》雖然會預言未來，但並不一定都會成真。反倒是將《調律者》們為了改變那些糟糕的未來而擊敗敵人、挽救危機的這些紀錄……這些故事流傳給後人的工作毫無疑問必須有人負責。畢竟無論任何時代，賢者總是從歷史中學習教訓的。

『……謝謝。』

莉露有點害臊的微弱聲音傳入耳中。

若要講真心話，真可惜現在沒能看見她的表情。

「最近跟妳父母過得如何？」

當上魔法少女之後的莉露有幾年的期間和父母完全斷絕聯

為和《暴食的魔人》已經做出一個了結，所以她在半年前回到了過一方面也因

『最近都沒跟他們見面呢。畢竟莉露已經搬出來獨立生活了。』歐。

「……喂，我可沒聽說啊。」

看來定期聯絡果然是有必要的。

『莉露又不是小孩子了，總不能一直依賴父母呀。』

「這麼說也是啦。」

畢竟也不能把現在的工作內容詳細說給家人聽，因此莉露開始獨立生活並

錯。

『不用擔心，這不是代表莉露跟爸媽感情不好喔？為了不要變得像以前一樣，

現在我們偶爾會互相聯絡也會見見面。雖然沒到感情親密的程度……不過哎呀，反正莉露家就是這樣的家庭啦。』

所謂理想的家庭形象終究只是一種幻想——

不知家庭為何物的我講這種話或許有點像酸葡萄心理，不過莉露講的這些話確實伴有親身感受。關於這點我不會肯定也不會否定，再說我根本沒那種權利。

……正因為如此，假設追求這份理想的人物出現在眼前時，我能夠向對[illegible]麼話呢？假如有個孤獨的特務不斷追求母親、追求家庭、追求理想的時候[illegible]

『君彥？』

「哦哦，抱歉。我好像快到目的地了。」

『好啦好啦，過去的女人用完就丟是吧。』

「莉露，妳總不會也是那種很麻煩的女人吧？」

我們無視於彼此間八千公里的距離，互相笑了一下。

「我會再打給妳。」

『好呀。就算不是三天後，一個禮拜後也行，明天也[illegible]，今晚也可以喔。』

講到最後，我不自覺有種心情放鬆的感覺，掛斷電話。

不久後車子停下來，我一個人下車。

來到的是位於郊外的一處採石場的遺跡。接著走沒多久，我便看見了現場。在一片陰沉的天空下，儼如特攝英雄片拍攝地點的地方有兩道人影。

紅色與金黃色。兩道影子如疾風般奔馳、交錯、相撞。

講白話一點，就是在展開一場激烈的近身肉搏。不過等眼睛習慣後仔細觀察就能發現，那其實是一場實踐形式的訓練。

紅色明顯有在放水。兩者間的實力差距就是如此大，然而金黃色也毫不氣餒地一次又一次挑戰。或許沒必要再用莫名其妙的比喻了吧。總之我在一旁默默觀望著加瀨風靡鍛鍊夏洛特・有坂・安德森的景象。

過了十五分鐘後，我看準訓練似乎告一段落的時機，朝她們走近。

「妳還好吧，夏露？」

「……難得你會這麼體貼。」

夏露癱坐在地上，收下我遞給她的瓶裝水。她套著黑色戰鬥服的後頸部滲出斗大的汗珠。

「妳還是不行。」

相對地，風靡小姐則是依然站著身子，一臉輕鬆地抽起菸來。

「殺氣壓倒性地不足。妳就算用上大太刀或機關槍，還是連我的一把短刀都比不上。」

兩人之間這樣的上下關係或者說師徒關係，最初是開始於希耶絲塔第一次死亡的時候。當時希耶絲塔顧慮到愛慕著自己的夏露在自己死後的日子，因此事先就向同樣身為《調律者》的加瀨風靡周旋委託好了。結果無論在好的意義上或壞的意義上，夏露都被風靡小姐狠狠調教了一番。而這些事情我也都知道。

「夏洛特，妳究竟到什麼時候才能追上我？我已經等妳兩年了。」

「……！我知道啦。不要同樣的話一直講。」

夏露一臉怨恨地抬頭看向風靡。

「雖然我知道妳因為比我老了十歲，所以對歲月很敏感啦。」

「喂，究竟是什麼道理讓你們最近都那麼喜歡揶揄我？」

不知為何是我的胸襟被一把揪住。太不講理了。

「……風靡，為什麼妳會那麼強？」

夏露忽然恢復嚴肅的態度如此詢問。

「我也自認有付出過相當多的努力。不管近身戰鬥也好，狙擊技術也好，但終究還是覺得追不上妳。妳**以前的徒弟們**也都是這樣對不對？」

看來加瀨風靡的徒弟不是只有夏露一個人的樣子。但是那些人都沒能被《暗殺者》看上眼。

「剛才的訓練中我再次體認到了……妳的動作果然很奇怪。該說是超越了物理法則嘛，有時候妳的反應速度明顯超越了正常人類的範圍。在戰鬥中妳究竟看到了什麼？」

加瀨風靡異常的強度。

我至今也看過她很多場戰鬥景象，本以為已經切身體認了。然而夏露正因為和我不同，是個戰鬥方面的菁英，所以似乎能更加感受出其中的特殊性。

「以前的妳甚至連這些異常都感受不出來。看來妳姑且有所成長。」

風靡小姐「呼～」地吐出長長的白煙。

「但其實沒有什麼特別的事情，只要照我至今教過妳的去做。捨棄天真，拋掉迷惘。鍛鍊殺氣，腦中只想著此刻這一瞬間要超越敵人。」

一切源自《意志》——風靡小姐如此表示。

這麼說來，之前和那個山羊頭交戰時她也說過類似的話。

「意思說，風靡小姐真的只靠妳所謂意志的力量就變得這麼強了嗎？」

「不管你怎麼懷疑，實際上就是這樣，有什麼辦法？」

風靡小姐對我如此回答後，又接著說道：

「這就是這個世界的規則。越是懷抱強烈的決意期望力量的人，就越能夠獲得其所冀望的力量。例如有一天，米亞・惠特洛克獲得巫女的力量，或者布魯諾・貝爾蒙多變得無所不知，這些全都是起因於《意志》。」

這段說明聽起來莫名含糊。平常的她絕不會講這類模稜兩可的話，現在卻講得如此認真。我也沒有愚笨到無法理解其中的涵義。

「那麼希耶絲塔和夏凪會成為《名偵探》也是？」

「關於《名偵探》嘛……不，也是類似的狀況。」

詞語上要怎麼講都可以——風靡小姐繼續說道：

「如果不喜歡『意志』這種講法，就去尋找其他更適切的詞彙。這對你們今後來說也同樣具有重要的意義。」

我和夏露相覷一眼，把剛才這段話暫時放進腦中的角落。

人的意志具有力量，因而可以實現心願。

講起來確實好聽，但同時也令人害怕。

如此強大的力量，或許需要透過適切的天秤調整才行。

「然後呢？請問為什麼要把我叫到這裡來？」

言歸正傳，把我叫出來見面的就是風靡小姐。總不可能是要我觀看她和夏露的戰鬥訓練吧？

「哦哦，我們知道有坂梢的下落了。」

風靡小姐捻熄香菸，操作起手機。

隨後，我的手機發出震動，收到一封郵件。裡面附加一張地圖。夏露的母親就在這裡嗎……

「抱歉，又要麻煩你來陪我了。」

大概事先已經聽過這件事的夏露表情僵硬地說道。

「夏露不需要道歉，這是我自己要介入其中的而已。話說風靡小姐是怎麼知道這個場所的？」

「那不是我的成果，是巫女的預言。」

「米亞？可是她能夠預言的只有關係到《世界危機》的事情……」

假若如此，代表有坂梢今後會跟《世界危機》扯上關係？……不，對了。她從前曾經和那個亞伯有過接觸。那麼，也就是說……

「難道有坂梢也持有指引《虛空曆錄》(Akashic records)位置的地圖嗎？」

所以這次米亞的預言中才會加入了有坂梢的情報。

意思說再這樣下去的話，地圖會被亞伯奪走。

「考慮到內容的特殊性，因此巫女的少女先向我聯絡了。」

畢竟追捕亞伯的使命正式是由《暗殺者》加瀨風靡負責，米亞這個判斷並沒有錯。重點在於我們後續要如何行動。

「那麼接下來是由我們三個人前往那個地方嗎？」

我察覺出風靡小姐的意圖並如此詢問。

由兩個人以上共同前往回收地圖已是慣例了。

「不，我接下來要飛往歐洲。因為有必要從一個稍微棘手的對象手中回收地圖。」

「既然需要特地由風靡小姐親自出馬，表示也有戰鬥的可能了？」

「是呀，對方似乎是前《調律者》的樣子。巫女的預言中沒提及這點，不過是萊恩調查出來的。雖然要跟那傢伙兩人行動讓人很不爽，但這也是沒辦法的事。」

原來如此。確實，米亞的預言並不會提示我們所有想要知道的情報。有時候想必也需要透過腳踏實地的調查才能查明地圖的下落吧。

「雖然我想靠妳的強度應該不需要擔心，但還是請妳要平安歸來喔。」

「受不了，沒事給我亂插旗子。」

風靡小姐對我開的小玩笑有點不愉快地皺起眉頭。

老實說，最近看她露出這種表情成為了我一點小小的樂趣……這種事我還是閉嘴保密吧。

「夏露，妳可以嗎？」

可以接受我再次跟妳同行嗎？

更重要的是，夏露本人有意思要去找有坂梢嗎？以前她光是為了決定

面就花了將近兩個禮拜做心理準備。而這次

「——嗯，我去。」

剛才都沉默不語的夏露，現在露出精悍的表情如此開口。

那雙祖母綠色的眼眸銳利得彷彿要劃破天上的烏雲。

「我一定會從有坂梢手中回收地圖。這是我的使命，也是我的意志。」

◆我親愛的孩子

後來，我們搭乘《黑衣人》駕駛的車輛走了大約三個小時。

「就是這裡了。」

我和夏露最終抵達一處巨大的社區住宅，看著眼前櫛比鱗次的建築物群，[illegible]梢現在似乎就住在這裡。

太陽即將沉落的下午五點多，我們走在社區幽暗的建地內。

「妳在緊張嗎？」

我詢問了一下從剛才就一聲不吭的夏露。

「什麼事情都要那樣講出口，很沒神經喔。」

……這麼說也對。

不過從這句回應還是讓我知道她現在心境如何了。

「至少有比上次好多了啦。畢竟這次是為了工作而來，讓我不需要多加猶豫。」

確實，上次是夏露的個人目的占比較多比例。但這次的行動中回收地[illegible]完成的事項，而夏露不是那種會讓工作半途而廢的人。

「夏露，妳說得沒錯。並非什麼事情都一定要講出口。但唯有一件事，我要跟妳講清楚。」

我回想著跟莉露的電話內容以及當時內心想到的事情，對[illegible]身邊的夏露開口表示：

「我不曉得妳是怎麼看待我和夏凪，或者齋川以及諾契絲。但至少我們都把妳視為我們的伙伴。」

如果不喜歡「伙伴」這個詞，要找其他適切的詞彙也可以。

總之，不管怎麼說。

「將來不論妳和誰起了衝突，為了什麼事情迷惘，去了什麼地方，我們永遠都是站在妳這邊。」

以下內容終究只是我個人的推測。

不過我猜想，夏洛特恐怕一直在尋找自己可以依靠的根基吧。

據說她和曾是軍人的父母沒能建立普通的親子關係，離開家人後了

各種組織之間。在那過程中雖然邂逅了希耶絲塔這位初次拜為師父的
為希耶絲塔的死而讓兩人的關係被撕裂。接著又來到加瀨風靡底下，過
成使命的日子。

換言之，夏露是不是一直在尋找著跟隨於什麼人身後的權利呢？

對她來說，家庭沒能成為心靈的依靠。那麼是否至少能讓夏凪、齋川或諾契
成為一種替代呢？不是我也沒關係。假如夏露所信賴的伙伴能夠成為她依靠的根基——

然而夏露始終沒有回應，讓我忍不住好奇轉頭，卻發現她露出一臉似乎很驚訝的表情停下腳步。看來我又一個人盲目往前衝了。

「抱歉，我太雞婆了。」

「你那個動不動就馬上道歉的習慣，是大小姐訓練出來的對不對？」

夏露說著，放鬆表情後……

「你這個人是不是個性其實挺好的？」

她用輕快的腳步跟上來，然後追過了我。

「怎麼？原來妳以前都不知道？」

「馬上又開始得意忘形。好感度扣二十分。」

「原本是幾分啦？」

「天曉得？畢竟我至今的人生中為了思考你的事情花過的時間，連一秒鐘都不到呀。」

「……果然我們感情不好的原因100%出在妳身上啊？」

結果夏露轉回頭對我靦腆地咧嘴一笑。

「真是沒辦法，那今後就每天花個三秒鐘想想你的事情吧。」

才三秒鐘也太不講理了——我本來想這麼抱怨，但想想現在至少讓夏露緊張的心情得以放鬆了，於是作罷。

我們就這樣到達了最北側的一棟建築，在三樓最深處的門前停下腳步——這裡就是有坂梢的房間。夏露看著眼前的門鈴深深吸氣，又深深吐氣。

沉默了好幾秒鐘。

「要不要我來按？」

「不用，沒關係。」

夏露伸出食指按下門鈴。沒有回應。

隔一段時間後按下第二次——沒有回應。

第三次——按下不久後，傳來些微的聲響。

就在準備按第四次之前，生鏽的門緩緩打開。

「…………」

一名消瘦的女性站在玄關。身上穿著鬆垮變形的衣服，臉上沒有
髮呈現黯淡的金色。

「好久不見。」

夏露開口了。

「認得出來嗎？我是夏洛特。」

消瘦的女性——有坂梢空虛無神的眼睛微微睜大。她注意到了，此刻站在眼前的是自己的女兒。

「今年十九歲了。」

她們具體上是暌違了幾年的相會？之前最後是怎麼離別的？——這些事情我都沒問過。但起碼可以確定她們的親子關係疏遠到女兒必須報出自己年齡的程度。

在這樣的重逢之際，做為母親的有坂梢究竟會說什麼話？身為第三者的我只能默默等待。

「——妳來做什麼？」

好冰冷的聲音。至少不是面對久違重逢的女兒會講的話。

我忍不住瞥眼瞄向身邊。

夏露面不改色。

「我有件事要來問妳。」

唯獨此刻，夏露壓抑著個人的感情，執行自己的工作。

「指引《虛空曆錄（Akashic records）》位置的地圖，還在妳手上嗎？」

霎時，有坂梢的態度驟變。

「不知道！不知道、不知道、不知道！我哪裡會知道那種東西……」

她睜大祖母綠色的眼睛，雙手抱著頭大聲尖叫。

「為什麼！夏洛特，這次換妳了嗎！為何、為何！為什麼！連妳也要來折磨我嗎！**為什麼連妳也要來搶奪那東西！**」

狀況明顯不正常。是什麼事情讓她變成這樣的？

然而在我思考之前，有坂梢先有了動作。她的手臂朝夏露的頸部伸去。

「到此為止。」

我一把抓住有坂梢的手腕，那手臂瘦弱到難以相信她原本是個軍人。

「君塚。」

夏露看著我，輕輕搖頭。

臉上浮現寂寞的微笑，示意著：接下來交給我沒關係。

「啊啊，不過，也對。嗯，好。」

結果有坂梢低著頭呢喃一陣後，把視線轉向夏露。

「如果妳這麼想要地圖，就給妳吧，夏洛特。」

「……！真的、嗎？」

聽到夏露如此詢問，有坂梢這才第一次露出笑容。

「做為交換，把那孩子帶來我身邊。」

「那孩子？」

夏露起先皺起眉頭，接著察覺其意而睜大眼睛。

「是呀，把挪亞帶來我身邊。」

我明顯感受到現場空氣凍結了一瞬間。

「吶，可以吧？我會把保管那地圖的保險櫃鑰匙先給妳，所以妳事後把那孩子，把挪亞……好嗎？」

有坂梢抓住夏露的雙肩用力搖晃。

「可以吧？妳做得到對不對？因為妳是那孩子的姊姊呀，一定可以把他帶過來吧？是不是？是不是！」

「……！」

夏露的嘴唇在發抖。

看那模樣就能知道，有坂梢肯定是提出了夏露絕對無法實現的條件。換言之，有坂梢口中那個叫挪亞的人物恐怕已經——

「——我知道了。」

然而，我還來不及再次介入，夏露就先開口表示：

「我會把挪亞帶來。所以請把保管地圖的地方告訴我。」

◆引致殺戮的暗號

我和夏露再度坐上《黑衣人》的車子，前往一處地下設施。

在一座已經被封鎖的隧道中走一段路後，又沿著通往地下的梯子往下爬，最後來到一塊寬敞的空間，就是有坂梢以前的藏身處了。過去當她還在做特務的時期，這裡似乎就是她在日本活動時的祕密基地。

牆壁上貼有古老的地圖與人物照片，隨處擺有電腦之類的電子機器沒有搬走。櫃子一打開就理所當然似地可以找到槍械與彈藥，可見這裡是相當不合法的場所。

我們就這麼在基地內持續搜索，最終發現一個布滿塵埃，彷彿被所有人遺忘的保險櫃。

「找到了。應該就是這個吧。」

夏露拿出剛才有坂梢給她的鑰匙並凝視保險櫃。

指引《虛空曆錄》位置的地圖其中一部分就在這保險櫃裡。於是我透過電子郵件告知風靡小姐與夏凪說，我們這邊的目的順利達成了。

我接著從手機螢幕抬起頭，看見夏露坐在保險櫃前。

她似乎還沒把鎖解開。大概是因為原本緊繃的情緒一口氣放鬆的關係吧。不過現在也沒必要趕時間。因此我跟她隔開大約兩人份的空間，盤腿坐到地板上。

「為什麼要刻意拉開距離坐啦？」

「我記得上次還因為完全相反的理由被妳罵過吧？」

「現在……我不介意。」

這座幽暗的地下設施完全聽不到外頭的任何雜音。

過了幾分鐘，夏露首先打破沉默。

「我剛才……撒謊了。說我會把挪亞帶過去。」

那是她剛才和有坂梢之間的約定。

「妳們講的挪亞，是妳弟弟的名字對吧？」

我之前稍微聽過了，夏露有個天生體弱多病的弟弟。

「對，那是我弟弟，也是對有坂梢來說最寶貝的存在。可是挪亞已經不在了。

他在七年前已經去了天國。」

「……果然是這樣。」

「他當時病情忽然惡化。而有坂梢不巧人在國外……雖然緊急回國，但還是沒能趕上。結果她受了很大的打擊，好幾天不吃不睡，只是不斷哭泣。我則是只能跟她隔開一段距離，遠遠觀望那樣的母親而已。」

抱著雙腿的夏露回想當年的事情。

「她什麼話都沒有對我說。我反而還希望她乾脆罵我一頓，像是『如果換成妳代替挪亞死掉就好了』之類的。不是常有嗎？這種毫無道理可言，只是找人出氣的例子。可是她什麼都不說，一句話也沒講過。」

我明明希望她能罵我的——夏露說著，仰望天花板。

「有坂梢就這樣，沒再多做反應，然後不知不覺間離家出走，音訊全無了。而我父親本來就跟我們這些家人沒什麼交集，因此我的家庭就這麼破碎了。我被自稱是我父母關係人的組織收留，於是開始了我的特務人生。」

這就是我過去都沒仔細聽說過的，關於她的身世。

於是乎，夏洛特・有坂・安德森成為了一個只為使命而活的人。因為除此之外，她沒有其他活下去的指標。

「有坂梢至今依然被束縛於七年前的那時候是吧？」

「是呀，我想我或許就是不想看到那模樣，才不敢和有坂梢見面的。」

我回想起大約一個小時前見過那消瘦的身影。

有坂梢究竟是否理解自己的兒子已經過世的事實？還是說她的精神已經錯亂到連這點也不明白的程度……講白了，她的狀況實在不尋常。甚至讓人會懷疑是不是有其他理由導致她變得如此。

「我真的很過分。欺騙有坂梢，說什麼我會帶挪亞過去，結果只達成自己的目的，回收了地圖。還為自己找藉口說，因為這是我的使命。」

到頭來，我還是以前那樣子——夏露如此自嘲。

以前她曾經在受到希耶絲塔指示的諾契絲安排下，擺脫了名為「使命」的束縛。但如今夏露又準備要走回那條路上，而且對這點抱有自覺而感到迷惘。

「這種事也很難講。我倒是覺得……如果不管怎麼做都會走回原本那條路，或許也沒有必要強硬去否定它吧。」

我說著這樣鬆散含糊的想法，結果抱著大腿的夏露些微做出反應。

「自己的人生就是為使命而活——假如迷惘過許多次，最終得出的結論還是如此，那也沒關係啊。我覺得重要的是懂得暫時停下自己的腳步，好好思考。」

相信希耶絲塔當初也是這麼想的吧。真正重要的不是「自己必須這麼活才行」的強迫觀念，而是「自己希望這樣活」這種想法——這種意志。

縱然最後得出的結果跟一開始的答案一樣，那也不是什麼錯事。那想必是繞了一大圈後確實靠自己的雙手所選擇的路。

「真的？」

夏露把頭抬起來，但眼神中依然充滿不安。

「把自己已故的弟弟拿來利用，甚至不惜背叛母親也要優先選擇使命——對於會幹出這種事情的我，你們真的願意接納為伙伴嗎？」

「……！等等，夏露。」

「我以前也曾經為了使命甚至對唯出手過。要是又選擇只為使命而活，我肯定會……！」

夏露拿出自己過去犯下的錯誤為例，淒切吶喊。

她在恐懼。即便按照自己的意志決定了自己的人生，假如那份理想無法被任何人理解的時候又該怎麼辦？

「夏露，那是……」

我一時之間難以整理思緒，但我必須對她說些什麼才行。現在的夏露需要有人對她說些什麼。現在夏凪不在旁邊，我能夠代替她說什麼話——

「——唉，真是可憐。明明妳從以前就為了理想而不斷努力過來。」

不知什麼人的聲音響起。

我和夏露立刻站起來，警戒四周。

「不過唯有我知道妳的努力，唯有我知道妳的理想。然後，我也知道此刻讓妳受折磨的東西究竟是什麼。」

我們移動到房間中央，背對著背從腰間拔出槍械。這是我們剛剛在這座基地中發現並暫時拿來借用的東西。

「只要有坂梢不存在，只要那女人不存在，妳就不需要再迷惘了——如何？要不要我幫忙妳，掃去妳的難受與痛苦呢？」

僅僅眨眼的一瞬間，那影子就出現在夏露眼前。

頭戴高帽，身穿西裝的男子。**臉部被繃帶一圈又一圈地包覆**。

「我知道該怎麼讓妳靠自己親手破壞掉阻礙妳心中理想的桎梏。」

男子對夏露伸出手。

我見到這一幕時——不，早在看見那男子的時候，就已經繞到他的死角位置了。

我的直覺——我全身的細胞在叫喚著。

絕不能對這傢伙手下留情。我毫不遲疑地朝他頭部開槍。

「夏洛特．有坂．安德森。就讓我將《殺戮的暗號(code)》傳授予妳。」

子彈沒有射中。

被躲開了——或者應該說，對方有如瞬間移動般。在我開槍的時候，繃帶男已經站在遠處了。

「夏露！」

金髮特務茫然地睜大眼睛佇立在原地。

難道說，夏露已經——

「——！亞伯！」

我叫出了敵人的名字。亞伯・A・荀白克。

世界上最糟糕的犯罪者，此刻現身了。

◆邪惡種子

「夏露，妳振作！」

夏露就像突然失去意識般癱倒下去，於是我趕緊撐住她的身體。

「……！別擔心，接下來交給我。」

我讓夏露躺在地上，並偷偷收下保險櫃鑰匙。

接著站起身子，質問用繃帶包覆臉部的敵人：

「你就是《怪盜》？」

「正是如此。」

敵人完全沒有表現出被戳中要害的態度，語氣平淡地說出自己的真名：

「我名叫亞伯・A（亞森）・荀白克。十二名《調律者》之一——《怪盜》。」

啊啊，總算讓我見到你了。一年不見。

當時和我跟希耶絲塔對峙時，他扮成了前《革命家》佛列茲・史都華……不過看來他這次也沒有要露出自身容貌的打算。

「亞森，不，亞伯，你到底對夏露做了什麼？」

我剛才什麼也沒看到。但亞伯的魔手確實侵蝕了夏露。那傢伙剛才說過，要傳授給她《殺戮的暗號（code）》。

「我什麼也沒做。接下來要做出行動的是那孩子。」

「……夏露會殺害有坂梢？在你所謂《殺戮的暗號》操控下？」

亞伯企圖執行的夢幻島計畫。

被捲入其中的總是存在家庭問題的親子們。而且最近還以此做為幌子，將引導《虛空曆錄（Akashic records）》位置之地圖的持有人陸續殺害——有坂梢及其女兒夏洛特正是符合這些條件的案例。

「我只是輕輕推了她一把而已。為她心底深處實際上憎恨著母親的小火種點燃火苗。**向面對困難的人伸出援手**——和偵探助手的你做的是一樣的工作。」

「閉嘴……！」

我準備再度開槍，但又停下手指。

還有事情必須向這男人問清楚才行。

「回答我。說到底，夢幻島計畫究竟是什麼？為何要讓小孩子殺害父母？」

「我要讓這個充滿錯誤的世界反轉為更美好的世界。」

亞伯毫不遲疑地反擊。

「戰爭、暴力、貧困，人類長久以來視而不見的各種罪惡——事到如今已然不可能全面償贖。但是對於肯定這種世界的人，我最起碼要予以制裁。因夢幻島計畫而死的人全都是符合這項條件的人。」

我的大腦拒絕理解這番話。然而就在幾公尺前方，亞伯「喀、喀」地原地走來走去，平淡述說著自己的理想。

「藉由如此，我要慢慢反轉這個世界。將這世上的罪惡消滅的實驗，今後也會持續下去。」

大約一年前，這傢伙和我跟希耶絲塔對峙時說過：他正在利用自己的能力進行實驗，嘗試讓他人聽從一些毫無意義的犯罪命令。然而他這麼做的真意是——

「你要憑什麼定人的罪？而且你為何要把無辜的人也拖下水？」

「你在說什麼？沒有任何一個人是無罪的。」

他的聲音冰冷到彷彿讓人全身結凍。

「然而這樣的實驗果然也不是每次都會順利。那個女孩看來並沒有完全接受我的《暗號》呢。」

亞伯恢復原本的聲音，將包滿繃帶的頭部轉過來。

他應該是在看失去意識的夏露。也就是說，夏露此時正在無意識中對抗亞伯的《殺戮的暗號》嗎？

「再告訴我一件事。關於《虛空曆錄（Akashic records）》。」

還有重大的疑問尚未解決。

亞伯為何想要收集引導《虛空曆錄》位置的地圖？

「說到底，亞伯，你知道虛空曆錄的真面目嗎？」

對方沉默了幾秒。

「我希望你能夠理解我的計畫，所以就稍微跟你說明吧。最起碼可以確定，虛空曆錄並不是什麼大量破壞兵器的設計圖或世界各國的機密情報。**它才不是那麼溫和單純的東西**。」

不過——亞伯接著說道：

「至少當那東西被攤到陽光下時，這個世界絕對會被翻轉。而我就是想看看那景象。」

啊啊，我懂了。即使不清楚內容為何物，但起碼搞清楚了亞伯的目的。這傢伙為了反轉萬物的現象、因果，身為《怪盜》而試圖偷走虛空曆錄。

「你知道了這點又要如何？」

「當然要阻止你。」

我這次真的開槍了。可是子彈卻飛過虛空。

亞伯無聲無息地移動到了幾公尺前方。

「如果不是瞬間移動，那就是跟史卡雷特相同的原理嗎？」

難道他也使用了跟那雙翅膀一樣的《發明品》？還是說……

「為何你要阻止我？」

當我察覺時，亞伯已經逼近背後。我急忙開槍，但依然無法擊中目標。

怎麼回事？我被這傢伙做了什麼？

「我在問理由。你為何要擋在我面前？」

亞伯忽然又現身遠處，對我提問。

「連《調律者》都不是的你，為什麼要妨礙我的計畫？」

「……！我才要問你，為什麼身為《調律者》的你要企圖反轉世界？」

本來應該是正義使者的你，為什麼……

「正義行惡的案例，你應該早已見識過了。」

亞伯用柔和到令人發毛的聲調說著。

「回想看看你們才剛解決過的《吸血鬼叛亂》。到頭來，那究竟是怎麼樣的一起事件？是怎麼樣的《世界危機》？」

「這……」

本來應該站在正義一方的史卡雷特，為了自身的心願而率領《不死者》的大軍對《聯邦政府》發動叛亂。淪落為惡。

「這就是我們之所以被稱為《調律者》的理由。我們十二個人有時也會分為正義與邪惡，互相保持平衡，進行調諧。當世界的和平開始傾斜的時候，《調律者》的一部分就會淪落為惡。」

世界的機制就是如此——亞伯沉穩表示。

「你最熟悉的《名偵探》本來也應該要如此。這麼講你有頭緒了吧？」

距今大約一年前，我們打倒席德之後，寄生於希耶絲塔心臟的《種》本來應該發芽，讓她淪落為怪物。而預料到這點的希耶絲塔選擇自我消失，卻又被我們拯救而到今日。然而，這件事本來也應該會……

「原來如此。每個《調律者》都終有一日會成為《世界之敵》嗎？」

這就是世界所制定、絕對普遍的規則。

「《聯邦政府》也很清楚這項事實。因此即便是那位全知之王布魯諾・貝爾蒙多，遲早也會化為巨大的邪惡君臨這個世界吧。」

怎麼可能有那種事？意思說夏凪、米亞、莉露也終有一天……？

「不可能。」

我不會讓那種事情發生。肩負《特異點》任務的我，絕不讓那種事成真。

「………！」

霎時，我感到一股寒氣。

亞伯頭部包著繃帶，應該看不見臉，但我確實感覺到他笑了。

「你果然跟我一樣。」

什麼一樣？

「你跟我一樣，是被定義在這個世界外側的存在。」

夠了，我不想再聽他囉嗦。我要在這裡阻止亞伯。

擊中吧——我如此祈願並射出的子彈，擊中了亞伯的左肩。

「原來如此，是這樣啊。」

用手掩住傷口的亞伯不知呢喃著什麼。

「這就是《特異點》的程式。」

「……你在講什麼？」

就在這時，傳來一陣腳步聲。

「君塚！」

奔來的人物，是夏凪。

她大概是收到關於回收地圖的聯絡而趕來的。一見到現場的景象，她便察覺什麼事情般睜大眼睛。

緊接著，還有另一個人。

「——亞伯！」

同樣立刻察覺狀況的人物朝亞伯疾馳而去。

手握巨大的鐮刀。是《執行人》大神。

「如果是你創造了《七大罪的魔人》，我就用這把鐮刀制裁你！」

為了幫故友復仇，大神揮舞大鐮刀。

「亞伯・A・荀白克，**你從那裡一步也不能動！**」

夏凪更同時發動《言靈》。

亞伯面對大神高舉的武器，佇立不動。

就在下一瞬間，分出了勝負。

「……嗚！」

倒在地上的，是大神。

至今屠宰過無數罪惡的鐮刀從他手中脫落。那也是當然，因為現在**大神的右臂從肩膀部分被斬斷了**。

「大神……！」

不曉得是怎麼辦到的，但每個人都知道是誰幹的。

而動手的犯人一眨眼間就出現在我眼前。

「本來應該已經被除去，但你體內依然存在邪惡種子的殘影。我便在此拾起未被回收的故事，完成沒有破綻的程式吧。」

無法動彈。亞伯戴著黑手套的右手掩蓋到我臉上。

「讓我授予你《喪失的暗號》。」

眼前突然被黑暗填滿。隨後，我的視覺、聽覺、嗅覺……各種感覺急速喪失。

我現在恐怕沒有站著，但是完全感受不到腳軟癱倒或是身體摔在水泥地板上的感覺。

「…………不、行。」

連我自己應該發出來的聲音都聽不見。

即便如此，唯有「不能這樣下去」的意識還勉強殘留著。因為我知道，以前曾經有過相同的狀況，而我還深深記得那份後悔。

「……再這樣、下去的話，夏凪、會……」

同伴接連倒下，我也失去意識，只留下一名偵探……夏凪面對巨大邪惡的光景。

就跟那天一樣。

獨自面對席德的夏凪當時也拚盡自己的全力戰鬥，最終導致的結果是──

「──別擔心。」

一片黑暗中，我彷彿看見一瞬間的紅光。

「不用擔心。」

聽不見聲音。

但我感覺到夏凪似乎在對我說些什麼。

「我會遵守諾言，不讓任何一項重要的存在被奪走。」

我在最後感受著令人引以為傲的名偵探表現出的《意志》，並落入了深邃的沉眠之中。

◇特務的慟哭

我不經意起身環顧四周，看見一片教人懷念的景象。

「這是、我房間？」

但不是我現在獨自居住的家。而是從前，我小時候住的家。這張小小的床鋪以及天花板的燈，我都記憶猶新。為什麼我會在這種地方？

記憶有些混亂。我怎麼會穿著睡衣？剛剛是在這裡睡覺嗎？到這裡之前，我究竟在做什麼？

「必須去找才行。」

找什麼？找誰？我不知道。但我必須去找。

於是我奔出房間，走下樓梯，在兩層樓的屋子中到處走動。家中一片寂靜。都沒有人嗎？不可能。因為那孩子是沒辦法自己一個人出去的。

「對了，挪亞在哪裡？」

印象中那孩子的房間是在……

我重新爬上樓梯，「挪亞！」地呼喚，並打開剛才那房間的隔壁房門。可是，房內只有一張空蕩蕩的床鋪。

「挪亞不在。喂，挪亞不在呀！」

我如此叫喚著，在家中到處尋找。

只在心中「媽媽！」地大叫著，打開家裡每一扇門。

這間屋子有這麼多門嗎？樓梯有這麼長嗎？總覺得好奇怪。即使心中如此想著，我依然來到了最大的一間房間門前。

「——為什麼？」

打開門一看，有坂梢竟渾身是血地倒在白色房間的正中央。

太奇怪了。這樣太奇怪了。為什麼？為什麼？為什麼？為什麼！

「誰做了這種事！」

如此吶喊的我，右手握著一把沾血的菜刀。

不，不對。不可能是這樣。不對，不對，不對，不對！

「不是我做的！我才沒有期望這種事情！」

噹！——從手中脫落的菜刀發出聲響。

這不是我的心願，**不是我的意志**。我根本沒有憎恨有坂梢。

「我只是、希望妳……！」

這麼大叫的同時，我睜開了眼睛。

汗流浹背的我躺在一張醫院的病床上。

——剛才那是、夢？

我試著握緊又張開雙手。當然，手中根本沒有什麼刀。我並沒有殺掉有坂梢——這件事實讓我安心得全身發抖起來。但緊接著，我回想起一件事。

「亞伯。」

對了，我和君塚兩個人去見了有坂梢，接著在前往回收地圖的地方遭遇亞伯來襲。然後我被施予了《殺戮的暗號》，失去意識……

「後來怎麼樣了？」

床邊的架子上擺有一個電子月曆。從那天後過了兩天。在我不知不覺間，肯定有什麼事情發生又結束了。

君塚怎麼了？在我失去意識之後，難道他獨自一個人對付亞伯嗎？——他不可能贏得過對方。

「……！他在哪裡？」

我拔掉插在手臂上的點滴，奔出病房。身體好沉重，但現在不是講這種事的時候。必須去把君塚找出來才行。

來到走廊，張望四周。感覺不到有人的氣息。但是這景象我很熟悉。我來過這個地方好幾次——來探望大小姐。所以，說不定……

「夢裡也好，現實也好，一直在找人呀。」

我抓著扶手在走廊上前進，爬上樓梯，最終到達三樓最深處的病房。接著打開門一看，他就在窗邊的床上。

「……什麼嘛。不要害人擔心呀。」

君塚坐在床上，眺望著窗外。

我不禁有種全身虛脫的感覺，並走近床邊。接著看到君塚注視著窗外景色的臉——簡直像人偶一樣。

「君、塚？」

他面無表情。看似望著窗外，但其實沒有在看。該說是眼睛的神色嘛，或者臉上的神色，完全感受不出像是意識的東西。

「等、等等，喂，你怎麼啦？」

我忍不住搖晃君塚的身體。

沒有反應。我的聲音也好，存在也好，他彷彿什麼都感受不到。

「這是、怎麼回事？」

眼前這個人到底是誰？這是夢境嗎？……不，不對。這次應該是現實沒錯。

那麼，君塚身上究竟發生了什麼事……

「夏露！」

我聽見呼喚我的聲音。

病房門被打開了，有個少女的身影站在那裡。

「渚？」

是黑髮的偵探女孩。她睜大著紅色的眼睛，喘著氣朝我走過來。然後使出全力緊抱住我的身體。

「……好難受。」

「吵死了！」

呃……我只能內心抱著困惑，靜靜等待。渚甚至還啜泣起來了。

「我們感情有這麼好嗎？」

好到會讓妳哭成這樣的程度？

「老實說，我自己也很驚訝。但我似乎比自己想的還要喜歡妳的樣子。」

總算把我放開的渚，看著我淡淡微笑。

「夏露，幸好妳平安無事。」

「是呀，託妳的福。」

然而，這裡有個人並非平安無事。

「渚，可以告訴我究竟發生了什麼事嗎？」

聽我這麼一問，渚的表情頓時變得陰暗，帶著猶豫告訴我君塚的狀況。

「我想妳剛才應該也有對他講過話了，但他一點反應都沒有。他什麼也沒在看，什麼也沒在聽，什麼話都不說──宛如失去了所有感官。」

就像我們現在在旁邊講著這些話，君塚也依舊只是面無表情地坐在那裡。

以前，他曾經攝取過《SPES》的幹部變色龍的《種》。攝取了《種》的人類幾乎都會產生某種副作用，而君塚自己當時也是抱著付出代價的覺悟。難道說，這是──

「原因似乎不一定只有《種》的樣子。」

大概是察覺到我的想法，渚接著對我說明：

「一位叫德拉克馬的醫生有幫君塚檢查過。他說君塚體內只有留下《種》的殘餘，應該不至於會引發這麼嚴重的症狀。假若要講可能性。或許是那個《種》的痕跡被誰強硬擴張──」

「──難道是亞伯的《暗號(code)》？」

我這麼一問，渚表情僵硬地點頭。

「那天，我和大神先生也有趕到現場。可是當我們趕到的時候，妳已經失去意識，君塚獨自在與亞伯對峙。」

渚就這麼向我描述起我所不知道的幕後狀況。

君塚開槍擊中亞伯的事情。渚和執行人也協力追擊亞伯的事情。可是執行人受了重傷，君塚也因為亞伯的暗號而失去了意識。

「後來我自己一個人面對亞伯……也做好了戰鬥的覺悟。可是亞伯卻沒有要跟我交手，立刻消失在門中了。」

「門？」

「嗯，**突然出現的一道門**。而亞伯一進門的瞬間，它也跟著消失了。」

……既然是那個搞不清楚真面目的敵人，會做出這種事情也不算奇怪。

就渚的描述聽起來，亞伯並沒有被打倒。是因為達成了一定程度的目標而離開了嗎？還是遇上了不得不暫時撤退的狀況？

不過萬一亞伯以後不再現身於我們面前，那也很頭痛。因為我們必須從那傢伙口中問出來才行。問出讓君塚恢復原狀的方法。

「真是沒勁。」

我忍不住對著依舊茫然望著窗外的君塚如此埋怨。

「你都忘了平常的自己是怎樣嗎？不管我講什麼你總會頂嘴不是嗎？只要我出手你也會反擊不是嗎？說什麼這才叫男女平等。」

反正你肯定也不曉得什麼叫女士優先吧。

「總是把我當笨蛋，把感情不好的原因也怪罪到我身上。我全都知道。反正你就是討厭我對不對？」

那就是彼此彼此。我也是打從第一次見到你……不，從見到你之前就超級討厭你了。

「夏露……」

渚把手輕輕放到我背上。

「對呀，這樣不就好了?互相討厭就好了呀。」

為了大小姐刻意裝得感情很好，那也只是做做樣子而已。在世上難免會有不管怎麼做都無法互相理解的對象。那就是你跟我不是嗎?

「可是你為什麼……」

他最近這陣子的言行舉止閃過腦海。

「為什麼要偶爾莫名其妙關心人家，說出人家正想聽的話，還願意吃人家做的三明治?」

說真的。你到底想要幹什麼?

「你不是討厭我嗎?那就不要來擾亂我的心情呀。」

讓我一直討厭著你呀。

「喂，你回答我呀。」

我忍不住揪住他的衣襟。

可是我最討厭的這個青年卻始終什麼也不回應。

◇接下來的故事

在君塚的病房與夏露道別後，我來到醫院的頂樓。以前被《吸血鬼》史卡雷特大肆破壞過的地方，如今也整理得乾乾淨淨了。

在這樣的頂樓處，我發現了原本在尋找的人物。

「原來你在這裡。」

「我找了你好久呀，大神先生。」

是我的代理助手，如今也名列《調律者》之一的《執行人》。

穿著醫院病服的他，在頂樓邊緣眺望著外面。

「要探望的對象這麼多，可真是辛苦妳啦，名偵探。」

大神先生用一如往常的諷刺語氣如此回應。

見到他這樣子讓我稍微安心了一些。然而，有個部分無論如何都會映入眼簾。

大神先生被繃帶包紮的右肩。沒有接著手臂。

「敵人是《怪盜》，要偷走我的手臂似乎也是輕而易舉。」

奪走他手臂的正是《怪盜》亞伯・A（亞森）・荀白克。手段不明，但起碼可以確定敵人擁有某種超越人智的能力。

「德拉克馬怎麼說？」

「至少，將已經被斬斷的手臂重新接回去是不可能的樣子。因此等待《發明家》史蒂芬醫師提供義肢才是良策。」

……這樣呀。史蒂芬目前正專注於希耶絲塔的手術與治療。也就是說在那邊的工作結束之前，大神先生的右臂……

「非常抱歉。」

這時，大神先生不知為何對我低頭道歉。

「我已經無法再擔任妳的得力右手了。」

「……！才沒這種事。」

我趕緊搖搖頭。

「更何況，大神先生已經不是什麼代理助手，而是《執行人》這樣出色的正義使者之一了不是嗎？」

就好像我以前從代理偵探畢業，成為了《名偵探》一樣。

「原來如此。我倒是沒想過這樣的思考方式。」

大神先生似乎感到意外地稍微睜大眼睛……

「雖然說，我個人是相當中意於擔任妳的助手就是了。」

他說出這樣出乎預料的發言，並淡淡微笑。

「大神先生，像這樣哄騙比自己年紀小的女生不太好喔。」

「那真是失禮了。不過妳事到如今也不會對我動什麼情吧。」

畢竟妳早有心上人了——大神先生說道。

「……你、你在說誰呢？」

聽到我這麼一問，大神先生便「天曉得？」地對我裝傻。

「只不過，我依然會繼續觀望並守護妳。因為那就是我的任務。」

「觀望與守護是你的任務……？」

那是什麼意思？

大神先生沒有再回答，而是眯起眼睛望向我背後。

「看來還有另一個人想要對妳道歉的樣子。」

我轉頭一看，有個西裝打扮的女性站在那裡。

她雙眼筆直地凝視著我，開口表示：

「我為關鍵時刻沒能趕赴現場的自己感到羞恥。」

《暗殺者》加瀨風靡。平常幾乎不會提及自己失敗或過錯的她，現在卻對我露出懊悔痛心的表情。

「不，妳沒有必要道歉的。就連《巫女》都沒能預言到亞伯那樣唐突的來襲呀。」

話雖如此，這當然也不是米亞的錯。

預知未來的能力自古以來就很不安定。然而米亞至今已經為阻止夢幻島計畫的行動上提供了十二分的功勞。

「而且妳當時也為了回收地圖前往了歐洲不是嗎？所以這也是沒辦法的事呀。」

「……嗯，但我還是要道歉。」

一反平常的態度，風靡小姐語氣模糊地把眼睛別開。

既然已經知道了君塚和大神先生的現況，我想她大概是無法簡單認定自己沒有責任吧。更何況，追捕亞伯本來是屬於《暗殺者》的使命。

「話說，萊恩・懷特在哪裡？」

大神先生開口詢問。

我聽說這幾天他都和風靡小姐一起行動才是。

「他一聽到亞伯襲來的消息就消失了蹤影。只留下一張『感謝至今提供的協助』這種紙條。」

「那難道是說？」

「他八成想要自己一個人去解決吧。恐怕是用已回收的地圖資料當成誘餌把亞伯騙出來──接著他打算怎麼跟對方交涉，我就不得而知了。」

風靡小姐焦躁地想要拿出香菸，但又停下手。

「意思說他見識到亞伯的強悍，所以想保護我們嗎？」

「他從以前就有這樣的毛病。最關鍵的事情什麼都不講，老是自己一個人偷偷把麻煩事扛到肩上。而且一點都沒有在耍帥的自覺，單純就是一種壞毛病。」

「……！沒有辦法查出他人在哪裡嗎？例如透過《黑衣人》……」

「試過了。但是不知道為什麼，都掌握不到情報。」

在一片晴朗到教人怨恨的天空下，現場陷入沉默。

「我本來還想說，這次一定要……」

縱使知道毫無意義，我還是緊握起拳頭。這次我一定要守護一切——明明心中這麼想，但敵人卻連戰鬥都不跟我戰鬥，甚至完全不把我看在眼裡。

「代表亞伯就是等級如此高的敵人呀。」

風靡小姐如此為我袒護。亞伯太強了，壓倒性地強大，所以贏不過對方也是沒辦法的事——然而那樣等於是說，《名偵探》不如《怪盜》。我還未能被認同是真正的《名偵探》。

「可是，這樣下去不行。」

過去，我曾犧牲自己想要拯救一個女孩。當時我心中並沒有任何猶豫，畢竟是把這條命歸還到原本的地方而已。先拯救了我的是她，所以這次要換成我——我是這麼告訴自己的。

可是有個男孩說了，那是錯的。因為他無法把那樣的結果稱為美好結局，於是選擇了繼續冒險。然後這場冒險直到我醒來之後依然持續著。為了追求唯一一條大家都能得救的路線。

而我希望，我能待在那樣的他身邊。因為是同伴，因為是工作伙伴，因為是同學，因為是助手，還有……沒事。我只是想要實現他的心願——這次是真正做為名偵探，實現他的心願。但如今結果卻是這副德行。

「嗯，確實啦。照這樣下去都只讓那群男的出鋒頭呀。」

預料之外的一句呢喃讓我抬起了頭。

將白色的香菸叼在嘴上，怨恨地仰望著藍天的紅髮女刑警接著說道：

「巨大的邪惡襲來。勇敢挑戰的大神失去手臂，那個臭小鬼也賭上性命，然後萊恩・懷特現在為了做出一個了結而獨自前往戰鬥。」

——真的。我也好，夏露也好，風靡小姐也好，大家都被這些男人們保護。只有他們被剝奪，而我們……

「正因為這樣，夏凪渚。」

紅色的頭髮搖曳。

臉上帶著滿溢決心的表情。任何正義也好，邪惡也罷，在這女性面前都將被吞噬——加瀨風靡全身釋放出讓人如此聯想的《意志》說道：

「接下來要輪到我們了。」

◇暗殺者的徒弟

一週過後，我從日本出發來到倫敦。

「……該死。」

在某間設施打電話給萊恩・懷特，但今天依舊聯絡不上。

這囂張的傢伙——我把這樣陳腐的怒罵臺詞硬是吞回肚子中，深深靠到摺疊椅的椅背上。

那個人絕對是獨自嘗試去跟亞伯接觸。他每次都是這樣把麻煩事攔到自己一個人身上——故作輕鬆，不跟任何人商量。

「這就是我最討厭的地方。」

純白的正義——那終究只是他表面上的樣子。骨子裡根本不是那樣。盤旋在那傢伙內心的，是整片自我犧牲的漆黑。

「所以才會變成那張臉吧。」

自從分道揚鑣之後，我和萊恩已經十年以上沒有見過面。不過那段期間內，我曾有一次在媒體上看過他那張久違的臉。

變得不一樣了。

這不是說其他的人在串演或是接受過整形手術之類的話。只是……表情不一樣了。不是從前在他身邊看到的那張臉。雖然笑容也好、語調也好，都沒有改變，但這一切看起來都像是假的。

當時的報導是萊恩逮捕了某國的恐怖分子，提前預防了一場軍事政變之後過了幾天召開的記者會。那時候的萊恩·懷特究竟是付出了多麼漆黑的犧牲，換得了他純白的正義？

「我還是第一次聽說在探監室可以摸那種東西呢。」

房門打開，一名女子被獄警帶進房內。

一頭綠髮的年輕女性看著我拿在手上的手機，並隔著一塊透明壓克力板坐到我對面的椅子上。

「好久不見了。」

聽到我這麼說，女性翡翠色的雙眼微微睜大。

「……原來妳想起來了。」

「我是有感覺這聲音好像在哪裡聽過。」

只要妳當時沒戴著那個低級趣味的面具，我肯定馬上可以認出來就是了。

「反而應該說那個面具完全就是我的代號了吧？」

「哈！這麼說也對——山羊（Goat）。」

我們兩人互相揚起嘴角。她正是上個月在倫敦抓到那個人口販賣組織的山羊頭。代號Goat。是我原本的徒弟。

「真沒想到，妳居然會來探監呀。」

「素質不佳的學生總難免會讓人關心呀。」

當初收這傢伙為徒弟……然後最終給她壓上不及格的烙印，已經是多少年前的事情了？

「那時候把我們這些社會異端聚集起來說要培訓成優秀的特務，其實也只是口頭講講而已。訓練的時候只會淨講一堆故作玄虛的話，到最後大部分的人都被妳捨棄了。」

山羊回憶起當年並皺起臉，連帶讓她臉頰的燙傷痕跡也跟著扭曲。這麼說來，她以前為了掩藏這個傷痕，經常會用圍巾遮著臉。

「說捨棄也太過分了。不要把自己的實力不足怪罪到別人頭上。」

「又是妳最拿手的說教了嗎？」

山羊冷淡一笑。對了，她是個偶爾會這樣笑的人。

「沒差啦，妳想怎樣取笑我都隨便妳。沒能當上特務的我最終流落之地，就是承接人口販賣委託的犯罪集團啦。」

淪落至極了對吧——山羊如此自嘲。

「妳不是也有屬於妳的正義嗎？」

我記得之前交手時妳應該講過這種話。

「…………」

然而，山羊沒有回答。不知是否該說取而代之地，暫時一段沉默後……

「然後呢？妳真正是來幹什麼的？」

她如此反問我。千里迢迢來到這座異國的監獄拜訪以前學生的理由。

「我知道妳才不是那麼著重人情的傢伙。天天為世界奉獻心力的妳，不可能會來關心像我這種人。」

這態度表現出對我絕對的不信任。但這也是當然。

包含山羊在內，我從來沒有想過要與至今指導過的特務們建立信賴關係。像我真正是個什麼樣的人，有過什麼樣的過去，我全都沒有對他們講過。

不過，這樣就好。我們不需要親近。我會想要教育他們並不是為了這種目的。

「我想問妳一件事。」

山羊說得沒錯。於是我切入來此探監的主題：

「那一天，妳真正是在誰的命令下綁架君塚君彥的？」

山羊面不改色。那與其說是撲克臉，反而應該說她早有覺悟我會提出這個問題。

「我的工作是人口販賣的仲介與實行。然後這次是為了某位想要獲得他的客戶而實行了綁架行動。這樣講可以接受嗎？」

「確實，在這邊的世界中，想要得到那傢伙的人是多到數不清。但是即便在這樣的前提下，**這次的時機也算得太剛好了**。」

簡直就像縝密計算過的故事。

在試圖逮捕亞伯的《聯邦政府》召集下，君塚君彥來到倫敦。而得知這件事的夏洛特・有坂・安德森以告知失蹤母親的下落為條件與人口販賣組織交易，出賣了君塚。

然而，君塚被同樣為了逮捕亞伯而來到倫敦的我和萊恩救出來，順理成章跟我們一起行動了。即使水火不容卻也同時關心夏洛特的君塚得知有坂梢與亞伯曾有一段恩怨，於是又更加深入涉足於這個事件中。

如此這般，他雖然在阻止亞伯的犯罪計畫上持續有所貢獻，然而就在那過程中遭遇亞伯，因《喪失的暗號》化為了行屍走肉。

……但假如到這裡都是亞伯精心籌策的計畫呢？假如一切都是為了陷害《特異點》的陷阱呢？現在回頭想想，原本的夢幻島計畫也是感覺會讓君塚容易執著的事件，充分足夠讓他在不自覺間被慫恿行動。

「需要的是一段盡可能自然的劇情。」

山羊脫口呢喃。

「至少不能是牽強到會讓君塚君彥本人察覺異狀的劇本。與感情不佳的同伴重逢，為了實現共通的目的而合作行動，但不幸在那過程中遭遇巨大的邪惡存在而敗北。我必須要執行的，是像這樣看似自然的犯罪計畫。」

為何要如此拐彎抹角——這種事根本不需要問。雖然不清楚山羊實際上理解到什麼程度，但起碼我知道，君塚君彥就是個必須做到這種程度才能應付的對手。

劇情上有破綻的故事絕不會被認同。那傢伙的《特異點》力量不會允許那樣的事情。當君塚君彥在無意間判斷自己正在進行的路線不正當、不講理的瞬間，《特異點》的力量就會發動。**將一切的不講理與矛盾用名為「奇蹟」的東西加以塗改，當作沒發生過**。

「亞伯在擔心這點嗎？」

所以才利用山羊，把君塚君彥捲入這段縝密計算的故事中。為了讓今後可能成為威脅的《特異點》透過盡可能自然的方式退場。

「妳為什麼要協助亞伯那樣的計畫？」

在查明一切的前提下，我再度詢問山羊。

「妳不是也有屬於妳的正義嗎？」

不只是君塚，她甚至透過有坂梢的存在把夏洛特也拿來利用。這之中究竟有什麼正義可言？。

「才沒有什麼正義。」

山羊把手放在燙傷留下痕跡的臉上，無力一笑。

「什麼正義，在面對真正的邪惡時根本靠不住呀。」

我聽完她這句話後，從座位起身。需要的情報已經獲得，工作結束了。

「山羊。」

因此，接下來只是胡言亂語。我背對山羊，不求回應地說道：

「等妳對邪惡感到膩了，再來找我。」

少說也為徒弟犯的過錯善後一下吧。

◇名偵探的因果

這天，我來到醫院附近的公園與君塚兩人一起散步。

光是走在路上，就能感受到秋天到來的氣息。樹葉開始逐漸泛紅，太陽的高度、空氣的感覺、鳴叫的蟲聲，都傳達著季節變遷的腳步聲。

「再怎麼說，葉子紅得會不會也太快了？」

除了全球暖化之外，該不會還有發生什麼異常氣象嗎？

「我說，果然還是靠君塚的力量想想辦法吧？這搞不好是《世界危機》喔？」

沒啦，開開玩笑。就算我稍微幽默詢問，君塚也什麼都不回答。

坐在輪椅上的他，只會用沒有感情的雙眼茫然望著前方。

「……就算出來散步，也沒有改變呀。」

從亞伯來襲，君塚變成這個樣子之後，已經過了一個禮拜。

目前從他身上看不到任何變化。據德拉克馬表示，他現在無從治療，能做的事情頂多就是靠點滴維持養分，並且定期讓他起身避免肌肉僵硬而已。這和之前長期沉睡的希耶絲塔是類似的狀況。

「君塚，你知道今天是什麼日子嗎？十月十日。是夏露的生日喔？」

本來應該會是很幸福的日子。就像去年小唯的生日一樣，還想開場派對慶祝一下的……但現況卻是如此。而且夏露本人最近又都聯絡不上。大家都喜歡這樣擅自消失。

「這麼說來，我的生日也沒有被好好慶祝過呢。」

君塚是說，他似乎挑禮物猶豫過頭而沒辦法送了。到頭來那天只是兩個人一起去吃了頓飯而已。人家明明還頗期待地說。

「等哪一天全部都結束之後，再真的來慶祝一番吧？」

等到真的都和平之後，大家再聚一起吧。等希耶絲塔也醒來之後，大家一起。

「啊，米亞傳訊息來了。」

我推著輪椅移動到近處的長凳坐下後，打開手機的通話軟體。接著便彈出兩個視窗，分別映出米亞與另一個人物。

『嗚哇，莉露也在……』

『什麼「嗚哇」啦？米亞，妳最近態度會不會太囂張了？』

通話才剛開始就吵嘴起來了。真受不了這兩個人。

「米亞，莉露，不吵架。」

我嘆著氣，斥責兩人。

……等等喔、嗯？

難道說當我們這三個人在一起的時候，必須由我來主持局面嗎？

「真的見到面之後才覺得，這組合還真是奇妙呢。」

我、米亞與莉露，也就是名偵探、巫女和魔法少女。說起來這還是第一次只有這三位《調律者》聚在一起討論。

『說到底，這場會議不就是妳召集的嗎？』

結果莉露半瞇眼睛朝我瞪過來。

呃，是這樣講沒錯啦。不過，想想看嘛，我總難免會猶豫自己一個人該怎麼行動才好呀。

「像妳們兩人雖然很愛吵架但其實感情很好不是嗎？」

『『感情才不好啦！』』

像這樣，兩個人很有默契地用同樣的動作揮著手。

儘管外觀與個性都完全相反，這兩人湊在一起就是莫名登對。然後，讓那樣的兩個人能夠積極向前並建立起現在這個關係的究竟是誰，我很清楚。

「…………」

就在我忍不住沉默的時候，米亞有點不忍啟齒似地開口：

『那個……君彥沒有變化嗎？』

「嗯，現在在我旁邊。」

我會找她們兩人本來就是為了講這件事。

『……說好的定期聯絡怎麼了嘛。怎麼可以連妳都變得跟莉露一樣呀。』

莉露說著，把視線放到自己的雙腳上。行動不便帶來的焦躁感，她比誰都理解。

『每次遇到關鍵的時候，我的能力都救不了重要的人。』

接著連米亞也哀嘆自己能力不足似地咬起嘴脣。她的父母，還有希耶絲塔也是，沒能拯救重要對象的經驗如今依然是米亞心中的傷痕。

好一段時間，三人都陷入沉默。

『等等，不能這樣。我們聚在一起又不是為了要沮喪呀。』

莉露用力甩頭，接著『啪！』地拍打自己臉頰。重新把臉朝向鏡頭的時候，剛才悲愴的表情已經消失無蹤。

『渚，妳試著呼喚君彥。』

莉露說，不管怎樣就是要持續對君塚講話。讓君塚不要迷失方向，讓他能平安歸來，要一次又一次地對他呼喚。

「可是，現在君塚的耳朵可能聽不見……」

『那也沒關係。因為渚，妳的話語不只會傳入耳中，甚至能傳遞到全身的細胞。這不是什麼感性形容，是莉露的親身體驗。就連以前有一半是靠科學力量活過來的莉露都會那樣了，絕對沒錯。』

莉露溫柔地注視著我。她在講的恐怕是之前和《暴食魔人》交戰時的事情。

『我也要講一點。以前妳說過，自己是個代理偵探。或許妳到現在也依然覺得自己做為偵探的力量不足，但一定有什麼只有妳能做到的事情。』

米亞把手放在胸口，對我述說：

『這不是單純的鼓勵而已。身為巫女的我，比誰都清楚至今發生過的《世界危機》。同時，我也很清楚自古以來《名偵探》所扮演的特別角色。然後他們與她們一路累積下來的東西化為因果，聚集在此刻妳的身上。』

你們就是這樣的人物——米亞一反平常地用強烈的口氣如此主張。

「……是嗎？這樣、呀。」

莉露與米亞的話語都緩緩地滲出溫熱。

啊啊，不妙，感覺有點想哭了。可是在這種場合哭哭啼啼的女生肯定無法成為主角或女主角，更無法成為真正的名偵探。

「謝謝妳們。」

所以說，現在只要表達對兩人的感謝就好。

另外，再加一句：

「改天我們三個人再來辦場女生聚會吧！」

聽到我的話，米亞與莉露都一瞬間睜大眼睛，接著『在說什麼呀』地笑了。

名偵探、巫女與魔法少女。

這組合或許真的不錯呢。

後來，我推著輪椅回到醫院，卻在君塚的病房看見了意外的人影。

「咦！小唯？」

她穿著秋季色彩的便服，正把一束美麗的花擺到窗邊。

我記得她現在應該是巡迴演唱會途中吧……

「嘿嘿，我稍微溜出來了！好久不見，渚小姐。」

小唯對我露出一如往常的笑臉，接著……

「君塚先生也是，久沒聯絡了。」

她稍微低下視線，對輪椅上的君塚說話。

當然，沒有回應。小唯有一點寂寞地淡淡微笑。

關於君塚的身體狀況，我之前也有告訴過小唯了。

「為什麼我們總是碰不上大家都健健康康的瞬間呢。」

「……是呀。」

以前也是這樣。

例如我和希耶絲塔幾乎沒有兩人同時在場的時候。等到希耶絲塔的手術總算有著落的時候，這次又換成君塚變成這種狀況。小唯也是，幾個月前還跟名為失聲症的重大疾病奮戰過。

「可是像這種場合，就只能由健康的人努力加油了。」

這就是被留下來的一方，也就是我們的責任吧。

「假如是希耶絲塔，她會怎麼做呢？」

我並不是像米亞所說的那樣拿來比較……但起碼有什麼東西可以拿來參考才

對。和君塚一起度過的時間終究還是希耶絲塔比較長，論回憶的數量我絕對比不上她。

莉露說過，要我不斷對君塚說話。為了讓君塚能夠回來，要一直跟他講話。那麼假如是希耶絲塔，會講些什麼呢？會給予君塚怎麼樣的路標呢？

「其實也沒有必要都拿希耶絲塔小姐當參考吧？」

結果小唯忽然靠近我身邊，抬起溫柔的視線看向我。

「現在在這裡的是渚小姐呀。渚小姐想要如何對君塚先生說話，想要講些什麼內容，這些才是重要的地方呀。」

「嗯，但我還是覺得如果換成希耶絲塔講的話，君塚應該會聽吧。畢竟他感覺只要是那女孩講的話就什麼都聽不是嗎？」

「啊哈哈，這個嘛，是沒錯啦。畢竟君塚先生鍾愛希耶絲塔小姐呀。我可以代替本人如此斷定。」

「……君塚，你要是不快點回來，就會繼續被小唯隨便亂講囉？」

開開玩笑，我們互相笑了一下。

「不過渚小姐也是一樣，君塚先生平常多麼為妳著想呀。不可以擅自輕忽那份心意喔？」

小唯說著，輕輕抓起我的手。

「對我來說，你們兩位是我的救世主。一年前，是渚小姐與君塚先生擔任偵探與助手拯救了我。能夠身為兩位的第一個委託人，我引以為傲。所以說，這次我要再度拜託偵探小姐。」

委託人——齋川唯如此對我提出委託：

「渚小姐，請妳務必要拯救君塚先生。」

【一場夢的中場休息】

回過神時，我看見希耶絲塔在眼前喝著紅茶。

「——這是、怎麼回事？」

我把自己的雙手握緊又張開。這毫無疑問是我——君塚君彥的雙手與身體。

接著環顧四周。這裡感覺像是某座城堡的庭園，或者被大自然圍繞的露天咖啡廳。在我正前方，希耶絲塔宛如從最初就一直坐在那裡似的，用落落大方的動作將茶杯端到嘴前。我忍不住愣在原地望著她的模樣。

「怎麼啦？露出那種像是偵探助手被霰彈槍射中全身一樣的表情。」

希耶絲塔一如平常地，不，依然如故地用酷酷的表情疑惑歪頭。

「正確的諺語是像鴿子被竹筒槍擊中的表情啦。要是被霰彈槍擊中可就不只是嚇一跳而已了。」

「我想說靠你那種遭遇倒楣事時的好運氣應該能得救吧。」

「不要把人抓去玩那種討厭的試膽遊戲好嗎？」

聽到我如此吐槽，希耶絲塔輕輕笑了一下。

不會錯。她就是跟我一同旅行了三年的名偵探本人。

「好久不見。」

「你呀，是笨蛋嗎？」

「太不講理了……」

只是慶祝一下重逢就被罵了。

不過也覺得這種感覺才像是希耶絲塔。

「這裡可不一定就是現實喔。」

結果她接著用模糊的表現否定了我的期待。

「妳說不是現實，那難道是夢？」

「誰曉得呢？不過舉例來說，我曾經有在這裡跟渚和海拉交談過喔。」

哦哦，原來如此。這地方是希耶絲塔透過心臟與夏凪她們進行過對話的心象風景——或者說，幻想的白日夢。

「但是，為什麼連我都會到這地方來？」

我本來以為夏凪和海拉是由於透過心臟在某種意義上與希耶絲塔合為一體，才有辦法進行這種對話的。

「這個很難講。我可以想到很多種理由……首先，大概是因為我現在在接受心臟手術的緣故。雖然我講不出具體上如何，但有可能因此對這個空間的擴張造成了某種影響。」

……這樣啊。那也就是說手術進行得很順利嗎？還是正陷入苦戰？從目前的狀況來看還沒辦法判斷。

「第二個是，可能因為你進入了我體內。」

聽到希耶絲塔講出這種話，我的腦袋瞬間當機。

我進入了希耶絲塔體內？

怎麼，這是那個什麼意思？那種事情有發生過嗎？是在講作夢或妄想嗎？那些再怎麼說都不能算數吧？——正當我腦中如此打轉的時候，希耶絲塔接著「你想想看，就是上次史卡雷特的事件」地說道：

「雖然我沒有很清楚的自覺，不過那時候**我應該吸了你的血**。」

「……是那個意思啊。」

被史卡雷特將身體的一部分化為吸血鬼的希耶絲塔當時咬傷我的頸部，吸了我的血。

就在那時候，我的基因確實和希耶絲塔融合了。

「受不了，你真的很愛亂來。」

希耶絲塔看著我，露出傷腦筋的笑容。不過假如是因為這種理由讓我現在可以和希耶絲塔對話，我的一點血根本算不上什麼代價。
「然後你會來到這個地方最大的理由是——在現實世界陷入危機的你現在意識變得極度不清晰的緣故。」
希耶絲塔的碧眼筆直注視著我。
「為什麼會變成這樣，你有自覺嗎？」
「……嗯，跟妳這樣交談之間我就想起來了。」
我和誰交手，被誰搞成了這個樣子，都想起來了。
不過，從那之後過了幾小時？幾天？外面的世界現在變成怎樣了？
「我要如何才能回去？」
我對可以說是這個空間主人的希耶絲塔如此詢問。
想必此刻在外面的世界，大家依然在奮鬥著。
「重點是要有人在呼喚你吧。」
希耶絲塔啜飲著紅茶，給予我建言。
「然後你要把那個人為你釘下的樁子當成路標往前走。遇上大雨也好，在一片黑暗中也好，都要朝著那一道光芒走去。」
那麼，會有什麼人為我做那種事嗎？
「當然，你自己也要有堅強的《意志》才行喔。必須思考你要怎麼活，要往哪裡去。我說，助手，你明天想做些什麼？」

「我……」

我對著自己的左胸詢問。

我心中的期望是什麼？想要走什麼樣的路？

……恐怕，答案早已出來了。

必要的只是覺悟。

當自己或什麼人的理想無法實現而崩壞時，能夠將那景象也看到最後的覺悟。

「感覺還真難受。」

「要背負起什麼東西就是這麼一回事呀。」

希耶絲塔以前也是這樣嗎？

做為名偵探，做為背負起故事的主角。

「雖然說，我當時身邊有個人幫我負擔一半就是了。」

她將紅茶杯放到杯碟上，對我瞄了一眼。

「一半，不，三成……還是大概一點二五成吧？」

「幾乎稱不上戰力了嘛。」

我忍不住吐槽後，希耶絲塔彷彿就是在等我這個反應似地揚起嘴角。

「為什麼這種成績還要找我當助手啦？」

「呵呵，是為什麼呢？」

希耶絲塔感到懷念似地露出微笑……

「真的，為什麼呢？」

又說了一次後，仰望白日夢的藍天。

後來過了一段時間，我從椅子上站起來。差不多該從夢裡醒來了。

「你要走了？」

「是啊，雖然有點捨不得。」

搞不好接下來將會是一段漫長的旅行。難以保證我不會後悔，覺得乾脆留下來繼續跟希耶絲塔辦茶會比較幸福。

然而真正重要的就像她剛才所說，首先是我的《意志》。深信前方無盡的黑暗終有一天會照下一道曙光，並持續往前邁進。

「你好歹也喝一口再走嘛。」

從背後傳來希耶絲塔的聲音，讓我不禁停下腳步。

「原來感到捨不得的人是妳啊。」

「……你是笨蛋嗎？」

今日第二次的招牌臺詞，聽起來比剛才微弱許多。

「我一定會把妳也帶回去。所以在那之前稍微等我一下。」

既然需要有個人從另一側幫忙釘椿子，就由我來負責這項任務吧。

「所以在那天到來之前，這杯紅茶我就先放著了。」

希耶絲塔有點驚訝地睜大眼睛，接著露出微笑。

「嗯——就像一年前一樣，我會等你。」

【第四章】

◇Side Charlotte —

這天，我來到位於日本的密佐耶夫聯邦大使館。

從亞伯來襲，或者說君塚倒下之後，過了三個禮拜。

我和其他相關人物們都斷絕聯絡，做好各種準備工作之後，現在來到了這裡——這個同時也被當成《聯邦政府》聯絡窗口的地方。

「你就是羅特沒錯吧？」

被人帶到一間大廳後，設置在這裡的投影幕上映出一名政府高官。

『沒錯，正是。』

代號《羅特》。

這人也是一樣臉上戴著面具，感覺像個缺乏個性的人偶。雖然應該是四、五十多歲的男性，但是跟之前嘗試接觸過的《都柏文》或《奧丁》等其他高官們簡直難以區別。

不過有個理由顯示這男人比較特別。因為對於我的**提案**唯一感到興趣並安排了這場會面的只有《羅特》。顯然《聯邦政府》也並非完全團結一致的。

『夏洛特・有坂・安德森。**妳說妳想要自首是真的嗎？**』

羅特如此詢問的語氣中流露出些許懷疑。

「沒錯，那是事實。我們至今沒有經過政府同意，擅自回收了《虛空曆錄》(Akashic records)的地圖——我承認這項罪過。」

即便這麼做是為了阻止亞伯，但依然屬於獨斷行動。我很清楚《聯邦政府》非常討厭有人調查虛空曆錄的事情。

「假如你不信任，我把這個也傳給你。」

我透過手機將我們這幾個月來的行動履歷資料傳送給對方。當然，其中也詳細記載了什麼人何時在哪裡回收了地圖。

『原來如此，整理得很清楚。』

羅特抬起戴著面具的臉。

『但是，為什麼妳要出賣同伴？』

沒錯，告白這項罪過同時也代表我背叛了同伴們——不過……

「你不曉得嗎？我可是連那個《特異點》的青年都可以出賣給人口販子的女人

喔？」

即便需要弄髒這雙手，也有必須達成的目標。

「話雖如此，我這次出賣《名偵探》和《暗殺者》是有理由的——就是交易。帶我到埋藏虛空曆錄的場所吧。」

亞伯將會出現在那裡。他會盜走所有地圖，必定抵達那個地方。所以由我來阻止亞伯。

『為何妳要背負這項任務？』

「我的母親……有坂梢對我說過：為什麼連妳也要來搶奪那東西——換言之，亞伯以前絕對也有和有坂梢進行過接觸。」

我聽說有坂梢從前身為特務時追捕過亞伯。然而實際上剛好相反。是她被企圖獲得地圖的亞伯追捕著。

自從挪亞過世之後，我早有覺悟有坂梢的精神會變得不安定。然而上次見到面時，她的狀態未免太過奇怪了。有坂梢對於亞伯抱著極為異常的恐懼。

既然如此……

「我要代替有坂梢討伐亞伯。」

害有坂梢感到痛苦的元凶，由我親手破壞。

「為了達成這個目的，我必須知道虛空曆錄的場所。所以告訴我。」

我對那東西的內容沒有興趣。

只要能夠抵達那個場所就可以了。

『若真如此，妳是不是搞錯順序了？妳如果想跟我們交易，就不應該一開始先把這份資料交給我。』

「是呀，沒錯。所以那東西終究只是為了讓你願意聽我講話的道具。」

換言之，好戲在後頭。

「如果你們不答應跟我交易，**我隨時都可以對君塚君彥出手**。到時候你們就傷腦筋了吧？要是《特異點》發生什麼萬一，誰也不曉得世界會如何變化。」

關於他所謂《特異點》的體質，我知道得並不算詳細。大小姐也不曾積極向我說明過。但是只要在這邊的世界打滾過，這類的話題想不聽到也難。

很抱歉，就讓我把那特殊性拿來利用一番吧。偵探也好、偶像也好、巫女也好、魔法少女也好，其他人都幹不出來的事情，我可以幹。我能夠扮演成同伴，不被任何人懷疑之下接近目標，然後把他——

『原來如此。但是《特異點》現在的狀態真的有辦法發動那項能力嗎？』

羅特冷靜地反駁。

『那個青年被亞伯施予了《暗號(code)》，除了感官之外就連語言和思考能力都喪失了。真要講起來，等於是**活著死亡了**。那種狀態下的他真的有辦法發動《特異點》

的能力嗎？』

「……也就是說，假設我殺掉君塚，也什麼都不會發生？」

『沒錯，妳的殺手鐧並不構成任何威脅。就在那青年被《喪失的暗號》囚困之時，結局便已註定了。』

這句話簡直有如勝利宣言。

「——這樣呀。若真如此，這發展可真是順你們的意呢。甚至有如這狀況打從一開始就是你們的目的。」

一直有些事情讓人搞不懂。為何《聯邦政府》不願承認《怪盜》亞森的真面目就是世界上最糟糕的犯罪者亞伯・A・荀白克？

然後他們為何只是把曾經偷走《聖典》犯下大罪的《怪盜》關在地下深處幽禁起來而已，沒有將他處刑？後來甚至還祕密給予他特赦？

這些疑問背後的理由只有一個。

「你們《聯邦政府》的一部分——也就是期望將《特異點》早期排除的派系——一直都在跟《怪盜》合作。」

亞伯使用的特殊《暗號(code)》——只要利用這項能力，就有可能讓《特異點》失去力量。因此他們才會對《怪盜》幹的壞事在一定程度下睜一隻眼閉一隻眼。

「透過《聯邦政府》的名義召集《調律者》們，甚至把君塚也叫到英國，下達追捕亞伯的指示——一切都是為了這個目的嗎？為了讓君塚跟亞伯扯上關係，最終讓他被施予《喪失的暗號》？」

羅特沉默不語。但無言便是肯定了。

『若不接受交易就要對《特異點》出手云云，都是為了套出這些話的假戲啊。』

不久後，羅特察覺出我的企圖般如此小聲呢喃。

「是呀，我也多少學會這種話術了。」

雖然說，那其實也是D計畫等級的最糟手段就是了。畢竟想想看嘛，反正不管我做什麼，君塚應該都死不了吧？

「剛才的對話內容我都有錄音下來，並且即時將檔案上傳到雲端保存。所以就算把我消除掉，情報依然會留下來。然後總有什麼人會察覺你們的企圖。」

『察覺了又如何？』

「那還用說嗎？《特異點》不會輕易放過你們的。」

『妳認為他會克服《喪失的暗號》，並且為妳報仇？』

還真是了不起的信賴關係——羅特第一次稍微笑了。

「信賴？才不是那種東西。」

我們之間的關係才不是用那短短兩個字就能表現的。而是更加黑暗、脆弱、醜陋又扭曲，連孽緣也稱不上的東西。

可是那個愛管閒事的男人總是不會捨棄我，不會對我見死不救。所以反之亦然。

「君塚的敵人由我來解決。」

就算對象是你們《聯邦政府》的高官也一樣。

『………………這樣啊。』

羅特簡短回應後，再度陷入沉默。

『接下來妳將會移動到某個地方。不過那途中的記憶都會被上鎖。』

「上鎖？什麼意思？」

『我們會讓妳遺忘接下來的所見、所聞、所感。僅此而已，沒有別的意思。』

講得還真是籠統。不過從這男人的語氣聽起來，我接下來將會前往什麼地方並不難猜。

「沒關係。帶我到虛空曆錄的地方去吧。」

『好，我許可。』

──這下總算可以站上戰場了。我緊緊地、緊緊地握起拳頭。

「我說，羅特。」

在前往戰場之前，我最後提出了感到有點在意的問題：

「你——是不是在哪裡跟我見過面？」

『…………』

戴面具的高官就像個人偶般沉默不語了。

◇ Side Fubi ｜

這天，我人在位於南美的某個國家。

在倫敦與山羊見面後過了兩週。我為了尋找某個人物而跑遍世界各地，最終來到地球上位於日本列島反側的這個地方。

深夜時分，我到訪一間地下酒吧。在入口接受搜身檢查，交出電子儀器後，進入店內。在吧檯的角落處，有一名老紳士正端著威士忌的酒杯。

「真沒想到從賭場設施可以通到這種地方來呢。」

我如此搭話並坐到老紳士旁邊。

《情報屋》布魯諾・貝爾蒙多。對於上次《聯邦會議》缺席的我來說，已經好久沒有跟他像這樣兩人見面了。

「哈哈，所謂的藏身處總要有點趣味啊。」

布魯諾先生放下酒杯，爽朗一笑。

「如何？轉輪盤有讓妳賺飽了嗎？」

「……怎麼可能。我又不是來玩的。」

比誰都忠於正義的情報屋似乎意外地喜歡開玩笑。

我打算跟著喝一杯，不過在那之前決定先抽根菸。於是叼起香菸，湊近打火機。就在享受著片刻的舒壓時，忽然從一旁感受到視線。

「請問這裡禁菸嗎？」

「哦哦，不是。我只是想說妳表情看起來真是舒暢。」

「我周圍的人總是只管叫我別抽菸，這感覺很新鮮呢。」

「哈哈，大家想必是在關心妳的健康啊。」

……我想我並沒有跟任何人建立起會關心這種事情的關係才對。

「好啦，妳應該是有什麼想問我的事情吧？」

布魯洛先生這時看著正前方切入正題。

實際上，我想問的事情多到數不清。萊恩現在的下落、亞伯使用《暗號（code）》能力的原理，還有——虛空曆錄的真面目。

標榜全知的《情報屋》究竟會瞭解到什麼程度？然而，假設這些答案他都知道好了，現在的我也沒有辦法從他口中問出這些情報。《情報屋》不會無緣無故分享自己的知識。

「請問可以聊聊嗎？」

我的思緒終究難以歸結，因此決定暫時拋出一項議題。

「無妨，到了這把年紀還能跟年輕女孩聊天，實為樂事。」

布魯諾先生開了個令人有點不知如何反應是好的玩笑，並飲下一口威士忌。

「全知之王所想的『正義獲得實現的世界』請問是怎麼樣的世界呢？」

嘴上說只是聊聊，我卻向布魯諾先生提出了這樣一個沒有分寸的問題。而且自己心中依然沒有屬於自己的答案。

「妳會培育那麼多位特務候補的理由也是這個嗎？」

結果布魯諾先生從意想不到的角度如此反問。

「因為妳自身想要探究正義究竟為何物。為了收集到更多範例答案，所以招募了許多優秀的特務候補由自己親手培育。」

我沒有表示肯定或否定。

唯一確定的是，至今都沒有出現過任何一位及格的學生。

「或者說，妳會特別關照《名偵探》的少女與《特異點》的少年，也是基於同樣的理由嗎？」

「……我並沒有特別看待他們的意思。」

吸完菸，我把酒保端來的白蘭地直接拿起來喝，也沒讓酒在杯子裡轉圈。

「正義獲得實現的世界究竟如何——我終究是個《情報屋》，縱然擁有資料也得不出個答案啊。」

布魯諾先生似乎願意陪我繼續進行這項思想實驗。

「雖不是解答，只是我的假說也不介意嗎？」

「當然，您請說。」

至於什麼職位的人物可以驗證這些假說，我很清楚。

「種種的戰爭、暴力、貧困——人類得以從這些苦難中獲得解放的世界。或者對於這些解放能夠懷抱希望的世界。不一定是此時此刻的幸福，也許是對未來抱有淡淡的期待。假如任何人都能心懷這些想法，那世界便是正義，也是理想。」

布魯諾先生僅使用一些經過翻譯之後，全世界的小孩乃至老人都肯定能夠理解的詞彙，道出他假說中『正義獲得實現的世界』。

「妳會覺得這是不可能實現的烏托邦嗎？」

「不，凡人能想像到的事物，必定有人能將它實現——有位作家曾經這麼說過。」

「對了，沒錯。果然無論任何時代，**《創造者》總是**——」

布魯諾先生講到這邊忽然住嘴，重新看向我。

「順從妳的想法去做吧。」

他用溫柔又真誠的眼神看著我。

「用不著擔心。無論妳走的是哪一條路，朝著怎麼樣的正義邁進，我都保證會看著妳到最後。」

就像十多年前我們初次見面的那天一樣，布魯諾先生對我輕輕伸出手。

「這就是我將妳拉攏為《調律者》應盡的責任。」

我想伸手回握，但又覺得現在還不是那個時機而把手縮回。

「要走了嗎？」

「是的，為了打破現狀，我還要去找一個人。」

雖然說，我和那個人物之間並沒有建立什麼人脈。目的能夠達成到什麼程度也還是未知數。

「是嗎？那麼，我也來幫妳跟她講一聲吧。」

……看來我接下來打算去找誰，都瞞不過布魯諾先生的樣子。究竟他為何願意為我做到這個地步——他似乎連我心中這份疑惑都看穿似地繼續表示：

「哈哈，哪裡，妳別在意。這只是我個人對未來的投資罷了。」

◇Side Charlotte II

當我回神時，發現自己站在一處宛如遺跡內部的寧靜空間。

「──這裡是？」

我對這地方一點印象都沒有。溫度微寒，光線昏暗。

假如要比喻，就像是遊戲裡會出現的地下城。我身上的服裝與物品都跟拜訪密佐耶夫聯邦大使館的時候一樣。

和羅特的那場會談之後究竟過了多少天？多少時間？

我只記得談話結束後，我走出大使館，接著立刻坐上政府為我準備的車子。但是從那之後……

「記憶被上鎖了？」

那個高官有講過這樣的話。大概是被灌了什麼藥吧。

「不過那種事情現在都不重要。」

只要能夠來到這地方就足夠了。

於是我邁步往前走去──雖然還不知道「那東西」在哪裡就是了。

這座地下城簡直是迷宮。

「又回到這裡了……？」

開始行動後過了幾個小時，我不禁對已經回來過好幾次的同一個場所感到煩躁起來。

確實，我是有一點……有那麼一點點路痴的傾向沒錯。但儘管如此，這座遺跡也太異常了。

找到一扇門，往上爬了好幾百階的樓梯，總算爬到頂端時，卻不知為何又來到跟爬樓梯前同一個場所。然後只是打開反方向的另一扇門，竟會走進一片蓊鬱茂密的叢林之中。

這裡到底是什麼地方？究竟是怎麼回事？甚至讓人感覺有某種看不見的力量，在阻撓我抵達「那東西」所在的場所。

「難道說……」

我回想起不久前君塚對我提過的事情。去年的年末時，他似乎和魔法少女的女孩一起跟名叫《百鬼夜行》的敵人戰鬥過。而他們會聯手的契機是一種名叫《寄生靈（Parasite）》的存在，據說透過永無止境的樓梯把君塚關在醫院中的樣子。

到頭來，會造成那狀況的原因是君塚對大小姐的沉重情感，也就是他潛意識中不想從大小姐沉睡的醫院離開的強烈念頭造成了影響。

而他當時遇到的現象，和我現在體驗到的狀況很相似。

「我在潛意識中不想繼續往前進？」

所以才會永遠在同樣的地方打轉？

當然，這地方不可能有什麼《寄生靈》。但假如有其他類似的怪異存在，或者相似的機制在發動呢？

「我不可能不想前進。」

我沒有在害怕。

虛空曆錄也好，亞伯・A・荀白克也好，有坂梢也好。

我無所畏懼——所以……

「快點，到戰場去。」

閉上雙眼，將手交握在胸前，靠強烈的《意志》祈願。

下個瞬間，空氣變了。難道就在這一瞬間——我抱著懷疑，睜開眼睛。

和剛才的場所完全不一樣，一片開闊的景象出現在眼前。

「這是、怎麼回事？」

天空被分割成兩種顏色——白天與黑夜。

藍天與星空恰恰從正中央分隔成兩邊。

強風吹來。我站在一塊巨大的圓形場地上。沒有牆壁也沒有天花板，彷彿只有這個場所高高浮在空中。

然後在這片遼闊的舞臺角落，大約二十公尺前方，有塊巨大的白色物體飄在天上。呈現倒三角錐的形狀。下方有個人影。

「——亞伯。」

他背對著我，但是不用看臉我也知道。

「你今天沒有包繃帶呀。」

就在我靠近大約十公尺左右時，亞伯把頭轉過來。

他年齡大概三十多歲，國籍是亞洲裔……不，是日本人。那雙透徹得難以置信，同時又看不出任何情感的眼瞳令人印象深刻。

「是妳來了啊。」

亞伯開口說道。看來他本來就預料到會有什麼人到這裡來的樣子。

「你在這裡做什麼？」

這裡是什麼地方——這種問題已然沒有意義。

「我在解析《虛空曆錄（Akashic records）》。」

亞伯仰望浮在天上的倒三角錐物體。

「守護虛空曆錄的《系統》實在太過嚴密了。即便靠我的《暗號（code）》要侵入其中也相當耗時。」

……系統。我第一次聽說。是指那個白色的物體嗎？假若如此，代表虛空曆錄就埋在那裡面？

「你知道虛空曆錄的真面目？」

「是啊，我知道。我很清楚那存在的重要性——然後呢？妳是來阻止我的？」

亞伯有如看穿我心中想法似地這麼說道。

「你還記得有坂梢嗎？」

我立刻如此回問。結果亞伯些微瞇起眼睛。

「你以前曾經試圖從她手中強行奪走指引《虛空曆錄（Akashic records）》位置的地圖。對不對？」

有坂梢想必是因為這樣對亞伯懷抱恐懼，導致精神崩壞了。

「強行奪走？我要盜走一張地圖根本不需費力。」

「那、那麼……！」

「有坂梢恐懼的對象不是我——是虛空曆錄本身。」

霎時，我停住呼吸。有坂梢知道虛空曆錄的真面目？

「她由於工作的特殊性，或許在某種機緣下意外得知了這點吧。然而，這項潘朵拉的祕密終究不是單一個人能夠承受的東西。有坂梢是被那樣巨大的十字架給壓垮的——即便那段記憶本身早已消失。」

就在這時，倒三角錐的物體放出淡紫色的光芒。我直覺明白，那代表亞伯靠《暗號》的解析有了進展。

「剛才你說你要盜走一張地圖根本不須費力。那麼你為何沒有更早行動？」

如此質問的同時，我也在腦中自己整理思考。

為何敵人要等到現在才行動……肯定是因為他在進行什麼準備工作。而現在準備完成，所以他行動了。

那麼這段期間內，要說到亞伯做過比較特別的行動就是——

「——從君塚身上奪走了解析虛空曆錄的鑰匙。」

鑰匙——這個比喻終究只是我拿最近聽過類似的詞彙來使用而已。但亞伯恐怕就是從君塚身上奪走了那種概念的東西。不是讓他喪失，而是奪走了。

亞伯一直以來都為了將君塚納入手中而構思了周密的計畫。

「你休想繼續為所欲為。」

我舉起手槍。這是我唯一帶在身上的武器。

「妳的目的是什麼？就如剛才講的，我和妳母親並沒有過多少干涉。那麼是因為正義感嗎？想要阻止試圖反轉這個世界的我？」

「是呀，那也是一個原因。不過首先——你把君塚恢復原狀！」

我毫不遲疑地開槍。但反正一定無法擊中亞伯本人。因此，我將子彈射向應該存在於那個巨大物體裡面的虛空曆錄。

「這不是很好的判斷。」

某種看不見的東西彈開了子彈。

「虛空曆錄受到《系統》的防禦程式所保護。那種平凡無奇的武器根本派不上用場。」

「……程式？難道說，這裡是……」

「來，許願吧。妳肯定想要獲得強大的力量。能夠實現絕對正義的強大力量。」

下個瞬間，**我不知不覺間握住了一把滑膛槍**——對我來說，比任何東西都要強大的象徵性武器。

「沒錯，在這個場所，《系統》的程式會發揮出特別強烈的作用。我們只要寫入code，就能隨意輸出內心所期望的東西。」

「……！可是我沒有那種能力……」

「不，你們也都有具備。足以和我《暗號》匹敵的，名為《意志》的力量。」

……原來如此。我一開始被困在迷宮裡的時候，也是因為內心強烈祈願才來到了這裡。那是藉由我的《意志》辦到的事情。那麼，這個場所真的是……

「這是多麼美好的世界，不是嗎？在這裡，可以實現我們所有的理想。」

亞伯看著我。不對，是我的後方。

背後有人——我立刻舉著滑膛槍，轉回身子。

「——為什麼，妳會……」

在無聲的世界中，唯有我討厭的心臟聲鼓動著。

◇Side Fubi Ⅱ

或許是感受到我的氣息，在前方幾公尺處的那傢伙急忙轉回頭。

「沒必要那麼驚訝吧？」

我一派輕鬆地對著瞪大眼睛的那個人物如此說道。

「受不了，只管自己一個人往前衝，到底是什麼意思——萊恩・懷特。」

在一座宛如遺跡或古代神殿的地方，我們兩人面對面。

自從萊恩為了追捕亞伯而失蹤後，這是我們睽違三週再度見到面。

「……如果可以，我真希望妳能讓我自己一個人耍帥到底啊。」

「哈！怎麼？這次你也有在耍帥的自覺啦？」

我們互相閒扯，並保持著幾步的距離繼續往前走。

幽暗的遺跡通道依然延續。

「然後呢？萊恩，為什麼你會在這裡？」

我提出了理所當然的疑問。畢竟這裡可不是什麼普通的場所。是**封印了虛空曆錄的神域**。

「當然，是為了阻止亞伯。」

萊恩爽快回應。

「那起事件之後過了三週以上，這段期間我都在分析已回收的地圖。畢竟我們沒有收集到所有部分，讓我在解析上花了些時間……不過總算是鎖定出這個場所了。」

「分析、解析……嗎？你想要藉此搶在亞伯之前？」

「是啊，沒錯……不過風靡，妳又是怎麼到這地方來的？」

萊恩停下腳步，用懷疑的眼神看向我。

但那是很簡單的問題。

「我回收地圖的行動可不是因為這次的夢幻島計畫才開始的。早在幾年前，我就已經祕密在收集地圖的資料。」

「什麼意思？妳從好幾年前就察覺到亞伯的目的了？」

不，這跟亞伯沒關係。雖然我確實從當年就把那傢伙視為危險存在沒錯，但我的目光是放在更遠的地方。

「我為了往更高處爬，必須要有《虛空曆錄（Akashic records）》。」

這也不是說我對虛空曆錄的內容有什麼興趣。

我只是希望將它得到手……或者最起碼獲得接觸它的權力，藉此鞏固我的地位。能夠與《聯邦政府》對等交涉的地位。

「然後就在這次。萊恩，由於你和其他人持續回收地圖，總算讓我把需要的地圖幾乎湊齊了——包含我至今光靠獨自的人脈與能力沒能獲得的部分。」

「……原來如此。哈哈，意思說我們徹底被妳利用了。真受不了，妳還是老樣子，很不簡單啊。」

萊恩明白我的企圖後，一幅「真服了妳」似地露出苦笑。

「不過，妳具體上是如何解析地圖的？」

他如此詢問並再度往前走去。我們現在必須把藏在這座遺跡某處的虛空曆錄找出來才行。

「找出這座遺跡地點的是《革命家》。你在美國也見過面吧？」

「……是她啊。其實當時我藉由交出地圖資料的複製本使她跟我們建立起共犯關係，才讓她放過了我們……不過原來如此，妳們之間也進行接觸了。」

《革命家》妖華姬。平時透過面紗底下的美貌籠絡各國重要人物，因而通曉世界地圖的女人。

然而對於那樣的她來說，依然有個唯一的潘朵拉之盒，就是虛空曆錄。

因此我和她共享指引《虛空曆錄》位置的地圖，彼此的利害關係一致後，讓她找出了這座神域。至於仲介人自不用說，就是那位全知之王了。

「話說回來，這裡簡直是座迷宮。遲遲看不到終點。」

「是啊，管理虛空曆錄的房間應該必定存在於什麼地方才對的說。」

萊恩有點困惑地一邊東張西望一邊往前走去。總覺得我們好像從剛才都在同樣的場所繞圈子。

「不過，如今想想還真是奇妙呀，萊恩。沒料到我會像這樣跟你一起調查同一件案子。」

「哈哈，真的。妳從檯面下，我從檯面上守護這個世界——如此經歷了十年以上，沒想到現在會這樣交錯在一起。」

是呀。我透過《情報屋》的介紹開始這份工作是在大約十年前。後來被《聯邦政府》賦予的職位是《暗殺者》。對於決心從檯面下守護這個世界的我來說，應該是非常合適的工作。

「我聽說妳過得相當辛苦。」

「早有覺悟了。」

我做為《暗殺者》的工作內容，是為了拯救眾多無辜百姓而奪走一個人的性命。

殺一人救百人——這就是我的使命。

「——以前在某個小國中，有個理想崇高的年輕政治家。討厭謊言與金錢，鍾愛真實與人情。當時，那位政治家掌握到政界幹部們舉國貪汙的證據，試圖要向國民揭發真相。」

然後有一天，我接到《聯邦政府》下達的使命。

暗殺那位年輕的政治家。

「當時的《巫女》做出預言：要是讓那國家的貪汙行為就這麼被掀出來，將會引發大規模的暴動，讓國家在正義之前崩壞。」

因此我殺掉了那位懷抱清高理想的無辜政治家——在必定爆發的紛爭奪走幾萬人的性命之前。

「簡直有種每天都在面對電車難題的心境呀。」

「風靡，妳果然也……」

萊恩睜大眼睛。不過緊接著，他露出下定什麼決心的表情說道：

「既然這樣，靠我們的力量改變這個世界吧。」

萊恩的背後突然出現一扇大門。

可是他一點也沒動搖地穿過那道門，於是我也跟在他後面。

眼前出現一片無邊無際的荒野。

我們什麼時候來到屋外了？回頭一看，剛才的門已經不在那裡。

「好，這次是真的接近了。虛空曆錄就在不遠處。」

萊恩抬起頭。

天空有如白天與黑夜被分割般，拆成了兩種顏色。

「你看起來很開心呀，萊恩。」

我對著萊恩的背影如此說道，結果他當場靜止下來。

「簡直就像亞伯什麼的根本無所謂，你只想要自己快點抵達虛空曆錄的地方。」

「……妳似乎有什麼話想說的樣子。說來聽聽吧。」

我就是喜歡聽妳講話——萊恩依然背對著我，隨口如此開了個玩笑。

於是我將一直在腦中打轉的假說提了出來：

「萊恩・懷特，你和亞伯是同一夥的對不對？」

無言。既然如此，我繼續道出假說：

「為了阻止夢幻島計畫要回收指引《虛空曆錄（Akashic records）》位置的地圖——首先這麼提議的人是你，萊恩。但恐怕那全都是亞伯的指示。你利用《名偵探》與《特異點》的力量有效率地回收地圖，並交給了亞伯。」

換言之，萊恩最近會消失蹤影並不是為了用地圖當誘餌引出亞伯。他單純只是帶走地圖逃亡，跟亞伯進行接觸而已。

「你剛才說你是靠著解析資料推導出這座遺跡的位置，但其實真相更加單純。你只是被亞伯帶來這裡罷了。」

雖然說，不曉得為何到現在還見不到他本人就是了。

「為何妳會這麼想？」

萊恩這時總算開口。

「風靡，妳既然也是個警察，希望妳講話能稍微再有點邏輯。」

「果然，把這些都當成是同一個計畫（故事）就很好理解了。」

我原本推測最近這一連串的事件是亞伯為了讓《特異點》失去反抗力量，進而得手《虛空曆錄》的計畫——實際上這想法也有一部分是正確的。然而，全貌不只如此。

「在那傢伙的計畫……或者說故事中，總是會有玩家。舉例來說，像山羊就是如此。但這樣還不夠。若想順利推動整個壯大的計畫，還需要有一名管理遊戲進行的管理者。」

而這個人物，就是現在身穿軍服背對著我的男人——萊恩・懷特。

「你為了實行亞伯建立的計畫，同樣也召集了玩家。例如『巫女』、『名偵探』、『暗殺者』、『執行人』、『特異點』與『特務』。然後將『怪盜』定義為這場遊戲必須打倒的幕後黑手，把我們當成棋子操縱。」

我們這些玩家被分配到「將隱藏有世界祕密的地圖回收」的任務，就像角色扮演遊戲般奔波於世界各國。卻萬萬沒想到自己只是被幕後黑手及其得力助手操控著。

「妳什麼時候開始這麼想的？」

「最讓我起疑的，是亞伯來襲的時機。」

當時我被萊恩帶著飛往歐洲，說是有一份地圖必須有我在才能回收。然而就這樣當我不在的期間，君塚被亞伯施予了《喪失的暗號》。

「你其實是擔心我會和亞伯接觸對吧？擔心我會在萬一的可能性下出面拯救君塚。」

因此配合亞伯來襲的時機將我帶離了君塚身邊。本來，亞伯是不會親身參與自己所計畫的故事。但唯有這次讓《特異點》失去能力的橋段中，無論如何都必須由他親自出手才行。這也導致計畫出現了些微的破綻……些微突兀之處。

「原來如此，講是講得通，但妳沒有證據。」

「是沒錯啦。所以在偵探推理小說中，刑警總是會被當成無能的角色吧。」

我對萊恩的正確反駁如此自嘲——不過……

「已經不需要那種東西了，不是嗎？」

我輕輕笑了一下後，看見萊恩的肩膀似乎微微抖了一下。

「我和你之間，不需要那種東西。回答我，萊恩。你和亞伯合作究竟想要幹什麼？」

我將槍口舉向依然背對著我的萊恩。

「跟妳一樣，我也來講點從前的故事吧。」

他用沉穩的口氣開始講述。

「國際刑警組織的高層有一次掌握到某個發展中國家將可能爆發軍事政變的情報，於是派遣我到當地擔任調查指揮官。詳細過程我就省略不講了，總之歷經幾個月的潛入與調查，我成功將恐怖組織的幹部一人不留地全數逮捕了。」

忘了是什麼時候，正是因為這件事情讓我在媒體上看到久違的萊恩。也就是被人稱譽為《純白正義》的萊恩在我眼中看來變了臉的那次——

「當時那國家的執政者還大肆稱讚，說我幹得非常出色。而我儘管知道是多管閒事，依然在移交恐怖分子時向對方提出建言——希望對方務必查明恐怖行動背後的動機，並依法對他們執行處罰。而為政者笑著對我點頭了。」

很像萊恩會講的話。像之前山羊的事件也一樣。罪惡不應以暴力對抗，而是要透過法律制裁——萊恩當時自己也說過，那是他的信條。

「然而隔天，恐怖分子們全數都被送上了斷頭臺。而且是當著民眾面前。」

由於萊恩背對著我，從這個角度看不見他的臉。

但就算沒看到，我也隱約可以知道他此刻的表情。

「他們根本沒有調查什麼動機，也沒有將這起事件轉化為政治上的教訓。反而在那場未遂的恐怖行動之後，政治專制變本加厲，法律也定得更加嚴格。叛國罪的成立條件放鬆，只要人民稍微對國家表示反彈就會毫不留情地遭受處刑。」

我在不自覺間犧牲了國民，守住了國家的正義。

萊恩如此呢喃的背影，純白軍服顯得悲哀。

「從那天起，我開始思考。究竟要怎麼做才能拯救人民，而不是國家。要如何才能守護人民的正義——這需要的是虛空曆錄。」

萊恩轉回身子。

他沒在生氣，也沒有微笑。只是眼神中流露出自身的信念。

「從前，世界各國曾經為了虛空曆錄險些爆發第三次世界大戰，然而在《調律者》們的奮鬥之下，戰爭幾乎是未遂而終。因此，我要再一次引發以虛空曆錄為中心的戰爭。不過這次引發的是完全在控制之下的戰爭，藉此評估應當繼續存活的國家。風靡，我想做的——是重新劃分國界。」

萊恩說著，這才露出微笑。

「……所以你選擇和利害一致的亞伯合作了。」

「沒錯，亞伯的《暗號》能夠使用在掌握人心上。我要藉此創造出由能夠與我的思想產生共鳴的人們擔任領導者的國家。這和亞伯所期望的世界反轉也有共通之處，因此我們想必能有互相合作的部分。」

太誇張了。居然和至今從幕後操縱過各種犯罪行為的男人聯手合作，簡直不可原諒。那是對正義的一種褻瀆。

「無論有任何大道理，都不應該誘發國家之間的戰爭。」

「風靡，妳誤解了。我並不是《世界之敵》啊。」

萊恩朝我的方向踏出一步。

「就像那位巫女的少女沒能預言到亞伯來襲一樣，我的事情也從來沒有被寫進《聖典》任何一次。這就是這個世界不認為我的行動為惡的證據——我不是敵人，我不會讓任何人受傷害。我保證，這將是一場不會造成犧牲的戰爭。」

所以——萊恩說著，朝我伸出右手。

「風靡，妳也上來我們的船吧。」

◇Side Charlotte III

感受到氣息的我轉回頭，看見站在背後的那個人物，結果好幾秒鐘連呼吸都忘了。

「——為什麼，妳會……」

唯有要炸開似的心臟聲吵人地跳動著。

最終打破沉默的，是此刻站在我眼前的那個人物。

「夏洛特，妳究竟怎麼了？為什麼要露出那麼想哭的表情呢？」

有坂梢。我的母親，用一臉感到奇怪的表情看著我。

「啊，我知道了。妳肯定是做了什麼惡夢對不對？真拿妳這孩子沒辦法。過來吧，媽媽念故事書給妳聽。」

有如在哄著鬧脾氣的年幼小孩般，有坂梢臉上帶著柔和的微笑，張開手臂準備接納我。

「媽媽？」

我不禁朝她走去。然後，就在快要被她抱進懷中的時候——

「——！不要跟我開這種惡質的玩笑！」

我翻身舉起滑膛槍，朝著浮在空中倒三角形——《系統》開槍。

不對。不對！有坂梢才不會對我講那種話。才不會那樣溫柔擁抱我！

就算是我小時候，她也從沒對我做過那種事。那張臉上的微笑也都只會朝著挪亞。我一瞬間將身體微微轉回後方，有坂梢已不在那裡了。《系統》創造出來的幻想已經消散。

「這不是開玩笑。」

在保護著虛空曆錄的《系統》正下方，亞伯搖搖頭。

「是妳的深層心理化為《意志》，讓《系統》做出了呼應。因而產生出妳理想中期望的有坂梢的形象。」

「……我才沒有期望這種事。事到如今，還想這種事做什麼！」

「可是幾個禮拜前，妳不是拒絕了我的《殺戮的暗號》嗎？這就證明了有坂梢在妳心中是多麼巨大的存在。」

妳不需要感到羞恥——亞伯說著，面露微笑。

「我終有一天會使用《暗號（code）》創造出讓所有常識反轉的新世界。在那個世界中，妳的理想也將全部實現。雖然說，為了達成這項目標，首先必須讓《系統》進入我的控制之下就是了。」

……我腦袋開始混亂。亞伯說，實現了我理想的是那個巨大的倒三角形物體《系統》。然後也說過在這個場所，《系統》的程式會發揮出特別強烈的作用之類的話。

那麼所謂的《系統》，舉例來說，就像是電腦一樣的東西嗎？然後藉由寫入程式碼(code)操控電腦的亞伯……肯定就是程式設計師了。

「那……虛空曆錄呢？」

那個據說埋在《系統》之中的世界祕密。亞伯為了讓《系統》進入自己的控制之下，正試圖解析並盜出虛空曆錄。既然如此，虛空曆錄是像電腦的ＣＰＵ之類的東西嗎？

「換言之，虛空曆錄是機械性地管理著這個世界的頭腦——」

——而我們所在的這個場所，就是進行管理的管制塔了。

「當然，你們這些生命不可能是什麼電子資料。然而你們所居住的地球，則可以從這個管制塔進行機械性的干涉。自古以來，地球上發生的種種危機以及伴隨生成的各種矛盾，就是透過甚至連物理演算都能忽略的《系統》進行消解的。」

「……然後實現了這些事情的，就是《調律者》嗎？」

「沒錯，主要都是。擁有強烈《意志》的人類能夠藉由《系統》的力量，破壞世界之敵(病毒)，化解危機(bug)。用超越子彈的速度揮拳，用無異於魔法的科學力量飛馳於夜空，透過名為白日夢的幻想欺騙敵人——凡是有實力的《調律者》，都能輕易辦到這些事情吧。」

在亞伯背後突然出現巨大的怪物與人型戰鬥兵器，雙方開始戰鬥起來。那想必也是《系統》的程式——至少可以確定地球上不存在那種兵器。

「然而，我可以將虛空曆錄進行解析、偷出來並**讓它進化**。透過我加寫進去的程式碼(code)進行管理的新世界中，世界之敵不會再出現，危機也不會再爆發。」

人型戰鬥兵器打倒怪物後，那兵器緊接著也彷彿功成身退似地消失了。

「新世界的一切都將由程式進行管理，就連人類的感情與行動都有可能控制。我長年來進行的準備工作終於有所收穫了。」

「……難道說，你至今策劃過的種種犯罪行為，都是為了有一天將會誕生的新世界所做的某種實驗嗎？」

亞伯沒有回答這個問題，又再度仰望《系統》，開始取出虛空曆錄的作業。

他的動作就像在敲打飄浮的鍵盤，又像是用指尖在滑動什麼東西。雖然我看不出具體上在做些什麼，但這個男人接下來準備要幹的事情，以及他至今幹過的事情，都清楚不過。

絕不能讓亞伯・A・荀白克成為新世界的管理者。不能遺忘他為了實現目標與進行實驗而成為犧牲的人們。

「休想把這個世界捲入你的犯罪計畫（程式）中！」

我舉起的滑膛槍爆出火花，但子彈沒有擊中亞伯。巨大的防護罩把子彈彈開了。難道亞伯利用《暗號（code）》讓《系統》保護自己嗎？

「我確實會透過程式碼（code）管理新世界沒錯。但我也說過了，我會實現你們的理想。願望也好，自由也好，都可以讓你們隨心所欲。」

回神時，亞伯出現在我眼前。如今我總算搞懂了。這現象既不是高速移動也不是瞬間移動，是他透過程式碼移動了自己的座標。

「在新世界中，我將賦予一切。例如讓坐輪椅的老人家獲得優游大海的自由；讓天生目盲的青年獲得看見煙火的自由；讓家庭破碎的少女——獲得尋回一切的自由。」

接著，我聽到彈指的聲音。

「這是、什麼？」

就在我意識中斷的一瞬間，景色變了。

我忍不住張望周圍。現在來到個跟剛才那片非現實的景象完全不同的時空。

時空——不只是空間，時間也不一樣。因為這裡是……

「不久前，我才在夢裡看過了不是嗎？」

是我小時候住過的老家。是挪亞的房間。

「——姊姊，妳怎麼啦？」

在房間中呆然佇立的我，聽見挪亞的叫喚。

是挪亞。他在眼前。

弟弟還是老樣子躺在把枕頭墊高的床上，注視著我的方向。我忍不住想要衝上前去——但立刻停住腳步。我知道，這是幻想。

「不，沒事。」

即便如此，我依然搖頭回應，並坐到床鋪邊緣。八年前的這張床帶著實在的質感，發出嘎響。

「吶，念故事書給我聽。」

「我就知道你會這麼說。」

我不禁苦笑，翻開挪亞遞給我的書。

這是挪亞從以前就很喜歡讀的書，描述特務把邪惡組織一個接一個打倒的系列作品。我抱著懷念的心情，念起這本好久沒翻開過的書。

不知不覺間，我每個漢字都會念了。

「姊姊，妳為什麼要哭？」

挪亞感到奇怪地看向我。

「一直哭會讓幸福也跟著被流掉喔。」

「說得對。我會小心。」

我用指尖擦拭掉淚水。就連我也搞不太清楚自己哭泣的理由。

「挪亞，你現在幸福嗎？」

「嗯~算是幸福吧。畢竟有姊姊在身邊。」

「……挪亞。」

「雖然有時候生氣起來很恐怖。」

「……挪亞？」

我瞇起眼睛一瞪，挪亞便笑了起來。

「不過，媽媽好像每次都很難受的樣子。」

他的表情接著稍微變得黯淡。

「總覺得媽媽一直都自己一個人在跟什麼東西奮戰。雖然我很想幫她的忙，但老是生病的我應該很難。所以說，拜託姊姊代替我幫助媽媽吧。」

挪亞說著，拿起剛才念過的書。

「姊姊不是將來有一天要變得像這本書裡的主角一樣嗎？」

「……是呀，那是我們的約定。」

我將故事書從挪亞手中拿過來，緩緩站起身子。

「不過呀，挪亞。其實……我已經成為特務了。」

所以說，交給我吧。

看到我這麼一笑，挪亞頓時露出有點驚訝的表情，不過接著用力點頭。

見證完這一幕後，我打開房門。

光線照進房內，打破幻想的結界。

是浮在雙色天空中的管制塔。亞伯又背對著我，進行著從《系統》中抽取出虛空曆錄的作業。

「完全符合理想的世界不可能到來。但是朝著那個目標努力是有意義的。」

我這麼一說，亞伯的動作停止了一瞬間。

「從一開始就完成的理想才沒有意義。那種東西——都是假的！」

我毫不猶豫地拿起機關槍掃射。現在，我的周圍堆滿大量的槍械武器。都是透過我的《意志》化為實體的東西。

「不錯的攻擊。可謂是《鬥爭的意志》吧。」

防護罩被擊破。但只是僅僅一層——包覆著亞伯的好幾層防禦牆立刻又把子彈彈開。

「怎麼可以、輸給你……！」

直筒狀的大炮出現。不需要我做任何動作，炮彈便自動發射。彷彿武器本身擁有《意志》般。在我的周圍，浮到空中的其他槍炮武器也齊聲開始攻擊。

激烈的槍炮聲，濃烈的煙硝味。槍林彈雨灑在半透明的防禦牆上，一次次地迸現帶有顏色的光線。一層、兩層、三層的防護罩被擊破——就在這時，槍聲停息。

「……！彈盡了？為什麼？」

只要我的《意志》未絕，應該會有無窮無盡的武器才對呀。

「不，結束的一刻終會到來。」

這時，防禦牆上的破洞開始復原。

「人的《意志》有其極限，但我的《暗號(code)》是永恆的。再怎麼強烈的情感，面對制定的程式也終有一天必須屈服。」

「……！但是管理那個程式的，是身為人類的你吧！」

所以遲早會出現失誤。那樣的人類，不可能成為什麼新世界的管理者。

我放棄槍械，握起靠僅存的《意志》生成的軍刀往前衝。循著紅髮暗殺者的教導，將渾身殺氣都注入其中，高舉起武器——

「我是程式。別無其他。」

——無法擊中。明明近在眼前。明明巨大的邪惡就在我眼前。剩下一層，我沒能把包覆著亞伯的半透明防護罩完全擊破。

「妳的《意志》敵不過我的《暗號》。」

剎那，我全身感受到某種看不見的衝擊。

連聲音也發不出來的我，當場被撞飛到遙遠的後方。在這個空間中，要正確理解發生了什麼事情、什麼現象，實在太困難了。

「……嗚、啊……吁……」

口中總算發出了呻吟的聲音。身體冰冷得難以相信。與其說在發抖，簡直有如痙攣。哪裡被折斷了？哪裡被壓壞了？劇痛與難受讓人差點要昏過去。

「早早捨棄《鬥爭的意志》吧。」

在惱人的耳鳴聲中，唯有這個聲音聽得特別清晰。

「倘若妳不將它捨棄，就無法從那份苦痛中脫逃。剛才，我賦予了妳《救濟的暗號》。只要捨棄了《鬥爭的意志》，妳便能瞬間獲得解脫。眨眼間便能死去。」

好溫和、好輕柔的聲音。

「妳不需要再努力了。妳已經充分奮鬥過了。追求過理想，挑戰過命運。接下來，妳只要等待著被救贖就可以。我很快就會帶著妳，到一個沒有憎恨與悲傷的全新世界。妳的家人都在那裡等著妳。」

眼睛看不見。身體冰冷到幾乎沒有感覺。這比我至今想像過的任何一種死亡瞬間都要痛苦、冰冷、難受。

「……我、想……要……」

我不知道自己到底有沒有發出聲音。就連自己的聲音都聽不見了。

只是，我的《意志》在說著什麼。

「……我……想、要……感受、痛……苦……」

沒錯。我想要感受痛苦。

想要憎恨，想要悲傷。因為肯定有什麼東西，只存在於這些感情的前方。因為我深信如此，為了使命活了這十九年，所以……

「……輕易、就……能、夠……得手、的、東西……我、才……不、屑。」

與其那樣，我不如得不到手。

我把手伸出。

不是為了求救。是為了戰鬥。為了握起武器，我努力伸出手。

這不是什麼意志，是我的意氣。

「……我、要……戰、鬥。」

指尖觸碰到某種堅硬的東西。不用看也知道，是滑膛槍。

「我要……！為了無法實現的理想而戰鬥……！」

我抓住槍身的右手，被某個人的手疊在了上面。

◇Side Fubi Ⅲ

「妳好像還在猶豫。」

面對萊恩伸出的右手，我沒有立刻回握。我的右手依然握著手槍。

那麼，假如現在我手中沒有槍呢？我會馬上接受萊恩所主張的正義嗎？會認同他那項將虛空曆錄當成火種引發戰爭，並透過我們的手重新劃分世界地圖的計畫嗎？

「風靡，我想讓妳看個東西。」

這時，我們的周圍霎時轉暗。接著浮現出一塊巨大的長方形光芒。那就像是電影院的銀幕，而我和萊恩是觀眾。

「這是、什麼？」

「《系統》正在運作。只要在這地方，我們的《意志》也能發揮出類似亞伯《暗號(code)》的力量。」

不久後，電影開始播放。

銀幕上映出五名身穿西裝的男人圍著圓桌談笑的景象。他們國籍各自不同。大家都是在哪裡看過的老面孔。是時下的國家元首們。

「妳猜猜看，他們說說笑笑地在談些什麼?」

萊恩如此問我。在五名國家元首後面立有五面國旗。

「他們在開會討論，要如何將他們近期當成殖民地的國家劃分土地與資源。簡直像在討論要如何整齊漂亮地切分蛋糕一樣。」

實在太愚蠢了——萊恩如此說道。

「他們是由於將自己國家的利益擺在優先才會變成這副德行。因此，我要站在更高的地方，用徹底客觀的方式俯瞰世界地圖，正確劃分國界。靠我們將這個世界導向正義吧，風靡。」

萊恩的聲音中流露熱忱。

不知不覺間，天空恢復成剛才的雙色。電影已經播完。

「我回想起一件事。」

在回應萊恩之前，我提起剛剛來到這裡的途中講過的往事。

「以前，在《聯邦政府》的指示下要暗殺某位年少清廉的政治家時，我其實有猶豫過一瞬間。」

當時才剛坐上《暗殺者》的職位沒多久的我，比起現在更加迷惘於正義的存在方式。那位政治家看著我舉向他的槍口，瞪大了眼睛。

「但他很快就認知了自己的錯誤。想到自己準備進行的告發行為恐怕會因為某種理由，導致無法為國家帶來利益。然後他看出我的猶豫並說道：假如自己的死能夠拯救國民，請務必扣下扳機。」

那位年輕的政治家抱有如此的覺悟，如此為民著想的心境。正因為如此，他直到最後都能貫徹自己的正義。

「可是萊恩，你和亞伯的做法不會成功的。沒有看著人民而只盯著地圖的做法，遲早會出現破綻。」

萊恩一瞬間睜大眼睛後，又露出一如往常的微笑。

「不要只盯著地圖，而要看著人民……嗎？風靡，沒想到妳變得會講出這種話了。」

「我在講的不是我自己有沒有如此實踐的問題，而是不論你我都錯了的意思。」

所以我才會當個《暗殺者》——一個明白自己錯誤的正義使者。

「原來如此，也就是說？」

「談判破裂的意思。」

兩人幾乎在同時扣下扳機。

雙方射出的子彈分別擊落對手的武器。沒有時間重新撿起了。我立刻衝過去，一口氣縮短與敵人的距離，朝反應略遲的對手祭出一招迴旋踢。

「不愧是風靡。」

萊恩緊貼著地面大幅後退，並瞇起眼睛。

「恐怕是從平常就習慣驅使《意志》的力量吧。妳向誰學的？」

「我沒義務告訴你。」

如果你真的那麼想知道，就帶著一瓶特選的美酒，尋遍世界各地的藏身處吧。倘若運氣夠好，或許就能見到面了。

「我倒是想說，你的耐打程度才異常呀。我剛才那腳可是抱著要殺掉你的意思喔。」

可是這傢伙現在還能若無其事地站著。跟我講話，還面帶微笑。

「哈哈，好過分。居然想一腳踢死未婚夫。」

「——聽你放屁。」

我揮振拳頭，踹出鐵腳。比刀劍更鋒利，比子彈更快速。確實有打擊到目標的手感，但是卻沒有造成對方傷害的感覺。

「啊啊，我感覺得到。好強烈的殺氣衝動。可謂是《破壞的意志》吧。」

萊恩沒有閃避我的攻擊，用自己的身體一一架開並開口說著。

「擁有無庸置疑的天分資質，又透過無盡的鍛鍊與強烈的使命感研磨自己的《意志》，即使不具備任何特異能力也成為了《調律者》之中屈指的實力高手——但是風靡，無論再怎麼頑強的《意志》，也敵不過無限的《暗號（code）》。」

一道紫光閃過眼前。

「——！」

我立刻扭轉身體閃避。然而，那道光還是稍微擦過我的右肩。有股燒焦的臭味。萊恩·懷特手上握著一把宛如雷射劍的武器。

「原來如此，萊恩。看來我搞錯了。」

你並不是和亞伯在合作。你們的關係既非對等，也不是什麼得力助手。

「你只是把靈魂出賣給巨大的邪惡了。」

既然如此，我沒必要繼續跟你站在相同的舞臺上了。讓我也來利用一下這個特別的空間吧。我透過《意志》輸出一把機關槍，將子彈灑向萊恩。

荒野上塵土飛揚，升起黑煙。不久後在一片寂靜中，煙霧消散而出現人影——是穿上一套純白盔甲的萊恩·懷特。頭盔缺了一部分，從底下露出的單眼有如魔鬼般變成了赤黑色。

「變得可真有模有樣。」

我也沒必要保持這樣跟他打了。於是一瞬間改變裝扮，舉起日本刀。

「好像日本武士。真符合妳的風格。」

萊恩的身影忽然消失。一秒後，劍與刀互相碰撞。萊恩那把綻放不祥光芒的劍強力推壓，讓我握著刀的手腕發出激烈軋響。

「變成了厲鬼還能講話嗎？萊恩，快清醒過來。」

「應該清醒的人是妳，風靡。」

我撐不過他壓倒性的臂力，往後翻滾。但是萊恩的劍又立刻追擊而來。我勉強生成一把臨時的刀擋下攻擊。

「風靡，妳應該也很清楚，現今這個世界是錯的。」

「說得對。有貧困、有暴力、有飢餓、有戰爭，《世界危機》也還沒結束。」

「那麼妳為何不嘗試改變它？我和妳至今應該都有過許多次相同的體驗。但是為什麼，我們的結論會如此不同？」

揮落的光劍折斷日本刀，我立刻撲向一旁閃避。敵人的武器當場劈開大地。

「我們——我們的父親，不應該是為了守護這種世界而喪命的！」

啊啊，原來如此。歸根究柢還是這點呀。

萊恩，你同樣也是糾結於那件事情上嗎？

「徹底錯了。這個世界徹底錯了！為了保護政府高官而殉職，卻因為不想助長恐怖主義而限制報導、掩蓋事件——把父親當作不曾存在。我要親手改寫這樣的世界！」

一回神時，**我被吊了起來**。

「我就講到妳明白為止，風靡。」

我站在宛如處刑臺的地方，手腳被牢固的鐵具固定。只靠一般的《意志》感覺無法解開。

萊恩站在稍遠處揮動手上的劍。亮著紫光的劍身彷彿長鞭般延伸，激烈抽打我的身體。他的行動看起來甚至就像已經遭到亞伯的暗號控制了。

「妳為何無法理解？為何不遵守諾言！那天我們應該立過誓言，要繼承我們偉大的父親夢想中的理想世界，要繼承他們的遺志！」

是呀，沒錯。那時候的我們一定是想要證明吧。證明我們的父親是為了保護美妙的世界而奉獻生命。期望總有一天能夠抬頭挺胸說出這樣一句話。

然而，那份理想卻破碎了。這個世界根本一點也不正確。我和萊恩都發現了這點。但是我依然想要守護那樣的世界。萊恩則是試圖重新改寫那樣的世界。

若這兩者間有不同之處，那差異又是什麼？——我不經意想到某個人的存在。

「有個奇怪的女人。」

大概是沒聽見我的自言自語，鞭子依然繼續攻擊著。

我的髮夾鬆開，一抹紅色在風中飄盪。

「她文武兼備，雖然還稱不上完成，但充分具備正義使者的資質。更重要的是，她擁有強烈的使命感。」

甚至還說什麼名偵探的意志，早在自己出生之時就已經被鐫刻於基因上了。

「不過那傢伙同時又堅強得能夠為了同伴奉獻自己的生命。將《意志》轉化為《遺志》，把自己的一切託付給鄰人的堅強心志——」

——對了，所以說，我……

「根本沒有必要爬到上面去呀。」

迫近眼前的紫光驟然消失，劍身如鞭子般縮了回去。

萊恩・懷特在等待我的解答。

「不是從上面俯瞰世界地圖。我們應該要為了守護鄰人的明日，在地圖之中持續奮鬥！」

那就是我們《調律者》應有的姿態。

「這樣啊。那麼妳就站在妳所謂的最前線，為了自己的使命戰到最後一刻吧。不為人知的正義使者。」

萊恩的劍燃起不祥的紫色火焰。我雖然講了一番大話，身體卻依然無法動彈。我的《意志》終究沒能破解亞伯的《暗號》。

「這也是當然的吧。」

畢竟還是臨陣磨槍的正義，是我剛剛才總算領會的答案。

不過，這份《意志》已經有人繼承。那樣就夠了。伸長的劍鋒迫近眼前。但我無意閃躲，直到最後都睜著眼睛。

「真巧呢。我也是受了那女孩的影響來當正義使者的。」

劍停了。處刑臺下站著另一個女人。

「**那把劍無法破壞我們的驕傲**。」

霎時，有如程式遭到破壞般，敵人的劍當場粉碎。萊恩搞不清楚發生什麼事情似地睜大赤黑色的眼睛，不過緊接著又發出充滿怨恨的叫吼：

「《名偵探》……！」

夏凪渚就站在那裡。

「喔，妳還好吧？」

處刑臺不知不覺間消失，我被夏凪抱在手中。手腳上的鐐銬也都無影無蹤。

「為什麼妳會在這裡？而且那身打扮是怎麼回事？」

夏凪渚身上穿著一套夏季的水手服。我聽說她已經從高中畢業了才對。

「這、這說明起來有點複雜啦……現在重要的是——」

話都還沒講完，**虛空中便出現好幾個小型的球體**。它們放著紫光在空中盤旋一陣後，一口氣射出光線。

「……！快趴下！」

「不，打不到的。」

然而，夏凪卻不為所動。多達十幾束的紫色光線就在快要擊中我們的時候，彷彿被看不見的防護罩阻擋似的，各自朝其他方向反射回去。

「夏凪，妳究竟……」

「我並不認為現在的自己做為一名正義使者有足夠的能力。」

即使在這樣的狀況中，夏凪卻毫不理會敵方的攻勢，對我說道：

「我也知道，妳並沒有認同我到那種程度——但我會奮力向前。即便在這個不盡如意的世界，理想不一定能實現的世界，我依然會挺著胸膛，不斷往前。全心全力，抬起自己的臉！」

夏凪渚對我留下一臉笑容後，朝萊恩·懷特走去。雷射光線如豪雨般灑落，但是都在快要擊中她之前被扭轉到其他方向。

「萊恩·懷特，你的初衷應該也是如此才對吧？」

「閉嘴……！」

萊恩大叫的同時，發光球體本身朝夏凪衝撞過去，導致一場激烈的爆炸。然而幾秒過後，毫髮無傷的名偵探從黑煙中走出來。

「走遍世界各地，為正義而戰。明白了種種的不講理——明白過度了，變得沒辦法繼續站在同樣的地面上。」

伴隨轟隆巨響，地面裂開。

在萊恩背後**出現長有翅膀的巨大球體**。

「可是，其實不用那麼擔心喔。在這個世界上，除了你以外還有好多相信正義的人們，你可以更加信賴他們。」

球體將翅膀疊到前方，在中心開始蓄積綻放紫光的能量。

即將發生什麼事情可想而知，我忍不住叫喚偵探的名字。

「別擔心。**我們不會輸給任何人**。」

巨大的雷射光線射出，衝擊波刨起荒野的沙塵。

要是沒有偵探留下的防護罩，我想必也不會平安無事吧。

煙塵消散——夏凪渚還是毅然地站在那裡。

「啊啊，原來如此。妳是……」

這裡是《意志》的強度掌控一切的世界。

那麼在這片戰場上，懷抱《激情》的她比誰都強大。

「這就是名偵探的意志——」

——不，遺志的力量。

「閉嘴、閉嘴、閉嘴、閉嘴……！」

彷彿在否定眼前的現實般，萊恩・懷特放聲咆哮，前傾著身子舉起光劍。

「你想做的事情不叫管理，叫做支配。」

「交給我。我會完美管理這個世界！」

聽到偵探這句話，化作正義之鬼的萊恩全身燃起純白的火焰。接著高舉延伸好幾公尺的巨大太刀，高高跳起。

「跟妳借一下囉，海拉。」

夏凪渚小聲呢喃。她的身上轉眼間換成一套黑燕色的軍服。

「啊啊啊啊啊啊啊啊啊啊啊啊啊啊啊啊啊啊啊啊啊啊啊啊啊……！」

萊恩・懷特嘶吼著，消失了。

同時，夏凪渚也消失蹤影。剎那，激烈的金屬聲響起——勝負已決。

在倒下的純白正義旁，凜然站立的名偵探右手握著一把閃耀的紅色寶劍。

◇Side Charlotte Ⅳ

在地面爬動的我把手伸向滑膛槍，卻有另一個人的手疊到我手上。

我忍不住抬頭看向那個人物。

「為什麼、你會……」

那是不應該會出現在這裡的人。

一如往常地穿著一套毫無個性的服裝，一如往常地露出莫名達觀的表情。可是卻愛諷刺人，又神經質，平常總是感覺很不可靠，但是遇到關鍵時刻卻必定能引發奇蹟——那樣的一個人。

「君塚。」

那樣一個——我最討厭的人。

「怎麼啦？妳想我啊？」

他握著我的手，緩緩撐起我的身體。

「……才沒有。我本來就想說照你的作風，肯定很快就會醒來啦。」

騙人的，我其實驚訝得心臟都快跳出來了。

「什麼嘛。我還想說夏露也難得會為我擔心的說。」

爽朗一笑的他讓我扶著肩膀，慢慢站起身子。我站起來了。明明剛才那麼痛苦的身體，現在卻不知為何變得好輕鬆。

這究竟是誰的功勞？我不禁注視站在身旁的青年。然而他的注意力早已放到遠處的敵人身上。

「──亞伯，又見面了。」

「──特異點，沒想到你能改寫《喪失的暗號》啊。」

果然，對於亞伯來說這似乎也是出乎預料的狀況。君塚究竟是如何克服了那個狀態……那個症狀？

「似乎是有個好像對我喜歡得無可自拔的人救了我啦。」

君塚用有點詼諧的態度對我這麼說道。

我腦中立刻想起一個人。一個如果事後得知君塚講過這種話，肯定會滿臉通紅地發脾氣的女孩。

「可是，你怎麼到這裡來的？」

就算君塚奇蹟復活，他又是透過什麼方法到達這個地方？難道跟我一樣找人交涉嗎？我想這裡應該不是在日本才對……

「真要講起來，我的實體根本不在這裡。」

君塚若無其事地講出完全超乎我預料之外的發言。

「給我等一下。呃，難不成你已經死了？幽靈！」

「夏露，妳果然是個正牌的笨蛋啊。」

「什麼叫正牌的笨蛋啦！」

人家這次可是動了很多腦筋的說……

「也就是說，現在在這裡講話的只是我的意識。實際的肉體不在這邊，而是在別的場所。」

「……將這種事情化為可能的，就是那個《系統》的意思嗎？」

那是能夠從外部對我們世界上森羅萬象的事物進行干涉，甚至連物理法則都能扭曲的程式。然而那個浮在空中的倒三角錐物體現在彷彿發生什麼故障似地閃爍著光。

該不會是因為失去了源自《特異點》的鑰匙，讓它出了什麼問題嗎？亞伯現在又背對著我們，朝向《系統》動著雙手。

「那麼，君塚實際上的身體……」

「嗯，應該還在醫院。」

趁著亞伯還在忙的時候，君塚繼續說道：

「我今天在醫院睜開眼睛後，**病房裡馬上出現了一扇門**。我靠感覺就能知道，這扇門是通往什麼地方。」

——門。以前渚也有提過這個詞。她說亞伯將《喪失的暗號》施予君塚後，就穿過一道門不知消失到何處去了。說不定他當時就是因為奪走了君塚身為《特異點》的性質，才有辦法讓那扇門出現的。

假若如此，今天在君塚面前出現的那扇門恐怕也是相同的原理。由於渚的呼喚讓君塚推翻了《喪失的暗號》，進而奪回《特異點》的性質。通往這個管制塔的門——打開那個門的鑰匙就是君塚本人。

「所以你現在是在知道一切情況的狀態下來到這裡的嗎？」

「是啊，雖然好像沒辦法通過那道門連同身體一起瞬間移動就是了。」

即便如此，君塚的意識……他的《意志》還是來了。

而且如果不是我太自戀，他恐怕是為了來救我。

「好啦，你差不多也該陪我講講話了吧？」

君塚接著向面朝著《系統》的亞伯搭話。

「真沒想到你就是亞伯啊，守屋教授。」

聽到他這句話，敵人一瞬間停下動作。

「你們認識？」

雖然我確實覺得對方的臉看起來像日本人，但難道說……

「沒錯，他是我大學的教授。」

意思說，渚也認識這個男的？

就在我們都瞪著對方時，亞伯緩緩轉回身子。

「你嘴上說沒想到，但似乎沒有那麼驚訝的樣子。」

「當你的暗號入侵到我體內的時候，我似乎就在不自覺間理解了這項事實。所以現在早已過了驚訝的階段啦。」

君塚表現得很達觀，或者說用傻眼的態度盯著亞伯。

「大學教授終究只是你假扮的身分嗎？」

「我說過很多次，我是個程式。然後在眾多分身之中**設定了守屋這個角色**。為的是在《特異點》身邊進行觀望，扮演讓故事進行的觀察員。」

因此，名為亞伯的存在本來是沒有面容的——敵人如此說道。這讓我不禁想起那個用繃帶包住頭部的容貌。

「你有做好理想潰滅的覺悟了嗎？」

「有啊，就像你上次跟我講的那樣。」

君塚舉起一把漆黑的手槍。是他的《意志》創造出的武器。

「看來，要再度入侵《系統》果然還是需要你啊。」

結果亞伯緩緩伸出他的右手。

「……！小心！敵人有要利用《暗號(code)》把你的鑰匙……！」

「不，他現在應該沒辦法立刻那麼做。」

不曉得為什麼，君塚不為所動。

「亞伯，你的能力有所限制。」

他彷彿抱有某種確信似的，對於亞伯的《喪失的暗號》一點也不畏懼。

「如果你真的可以利用《暗號》隨心所欲地改寫世界上的什麼物理法則，應該早就從我們身上奪走更多東西了，應該早就能殺掉我們了。但你沒有那麼做，表示寫入《暗號》前需要進行相當程度的準備工作。」

亞伯沒有動作。不對，是沒辦法動。

這等於是佐證了君塚提出的假說。

「如果說我這個《特異點》的性質是在不自覺中能夠立刻發動，那麼你的《暗號》力量則是雖然能夠按照自己的意識發動但卻需要時間。尤其當目標是像我這種麻煩的對象，需要改寫的程式就會比較多，讓程式碼（code）變得複雜。對不對？」

……原來如此。亞伯至今明明想要得到《特異點》的能力，卻又刻意繞遠路，是因為他不得不這麼做。因為他沒辦法一下子就改寫《特異點》的程式，所以首先從周圍的登場人物們開始干涉了。

「也就是說，亞伯要再度施予君塚《喪失的暗號》需要時間……！」

「對，所以說，換我回敬你吧。」

就在君塚這麼表示的下個瞬間，**出現了一個巨大的灰色方塊**。它將亞伯完全覆蓋，轉眼間縮小消失。

「——剛剛那是、什麼？」

才短短一瞬間就把亞伯給……？怎麼可能有那種事……

「要放心還太早了。他應該遲早會破解程式跑出來。」

「意思說你把他暫時關到其他地方去了？」

「對。《特異點》似乎不只能解鎖，也能上鎖的樣子。」

君塚講得一副沒什麼大不了似的，接著忽然仰望空中。

「不過，敵人還在。」

巨大的倒三角錐物體——《系統》發出紫光。

「……！是防禦程式嗎！」

「看來它把我們判斷為破壞這個場所的異物了。」

霎時，《系統》發射出一道光線。

沒有時間閃避，光是保護頭部都快來不及了——可是……

「果然好厲害啊，那傢伙的《言靈》。」

光線就在快要擊中我們之前，被一道看不見的牆反射彈開。

「哦哦，原來如此。」

那女孩也來到這附近了。

肯定是這樣沒錯。她今後要繼續扮演守護世界的盾牌。

「夏露，這個拿去。」

結果就在《系統》還持續在攻擊之中，君塚拿出某個東西給我看。

是一張翻到背面的照片。

「我們一起去找有坂梢那天，她不是給了妳保管地圖的鑰匙嗎？這是裝在那保險櫃裡的東西。在我也倒下之後，是偵探把它回收的。」

是渚回收了這東西……對了，那天我到最後因為亞伯的暗號而失去意識，都沒把保險櫃打開。

「可是，裝在保險櫃裡的居然不是地圖嗎？」

取而代之的是這張照片？我感到奇怪地把照片翻回正面。

是一張家族照片。

有我和挪亞，以及我們父母。總共四個人，在從前住的家前面合照。

「原來……還有這種照片。」

父親抱著才一歲的挪亞，母親牽著我的手。我抬頭看著母親，而她用空出來的另一隻手指著鏡頭要我看向前面。

臉上帶著微笑，指向前方。

「啊啊。」

原來還有、這樣一張照片。

「啊啊、啊啊、啊啊啊啊……」

原來曾經存在過。就算只是短暫一時，但我們之間也曾經存在過身為一家人的瞬間。

「啊啊啊、啊啊啊啊啊啊啊！啊啊啊啊啊啊啊啊啊啊啊……！」

不能哭呀。現在可是在戰場上。

但眼淚還是滾滾溢出，滲在皺巴巴的照片上。

「夏露。」

我忍不住把額頭靠在君塚胸口。

「夏露，我和妳的感情並不算好。我們沒有建立過什麼特別的關係。既不是損友，也不是競爭對手。另外我也想了很多，但是都想不到適合形容我們的關係……不過正因為這樣，我們要成為怎麼樣的關係都可以。一年中起碼可以有那麼一次，忘掉我們水火不容的感情。唯有這一天，唯有這一瞬間，我們就算建立新的關係也可以被原諒。」

夏洛特——他用溫柔到令人火大的聲音叫出我的名字。

「現在，我可以為妳做些什麼？」

我現在想做的事，該做的事，希望他做的事。

兩人至今的關係、講過的話、罵過的惡言——唯有此刻都能全部忘掉。

沒有人會看見，也沒有人會知道。

現在講出口的話只有我們知道，而且我們到了明天也全都會忘掉。

所以說……

「我討厭你！超級討厭！」

一如往常地，我講出這句話。

異於以往地，在他的胸膛上。

「所以這種話我絕對不想講出口，也從來沒想過有一天會對你說。」

明天的我肯定不會相信。

昨天的自己竟然講過這種話——我一定會當成一場夢，一笑置之。

——但是，現在。唯有此刻……

「只要跟你在一起，我感覺什麼事情都能辦得到。

所以拜託你，握著我的手——跟我一起戰鬥。」

暖和的體溫包覆我的手掌。

接著，我們緩緩放下依然牽在一起的手，注視浮在遠處的倒三角錐物體。

「害有坂梢痛苦的，也是那樣呀。」

那麼我現在該做的事情，只有一個了。

「是啊，我們……我們的明天由我們自己決定，由這份《意志》決定，才不會受到什麼程式的支配。」

我們鬆開牽在一起的手，各自舉起武器。怎麼搞的，竟是成對的兩把似曾見過的滑膛槍。看來我們的想法都一樣。

「君塚。」

「怎樣？」

我們伸長的手臂相疊為一直線，槍口朝著《系統》——不，朝著那個中樞。瞄準肯定就在那裡的虛空曆錄。

「你有點耍帥過頭囉。」

「唉，太不講理了。」

僅僅兩發子彈，但依然帶著正義的意志，給予了世界的規則準確一擊。

◇Side Fubi Ⅳ

勝負已分的戰場上，倒下的是純白的正義，站著的是名偵探。雙方透過《系統》變化的外觀如今都已恢復原狀。

不久後，獲勝的夏凪朝我走過來。

她究竟是怎麼來到這地方的？既然偵探現在會在這裡，身為她搭檔的那位青年此刻又怎麼了？——開口詢問這些問題顯然已是多餘。

我們兩人沉默相對好一段時間。

我和她的邂逅要追溯到距今兩年多前。

當時被名為海拉的人格所支配的夏凪渚由於將《白日夢》的心臟放進左胸為契機，找回了自我意識。後來我就依照《白日夢》事前的委託，從遠處保護並持續觀察著夏凪渚。

在那樣的過程中我感受到的是，這孩子太令人不安了。首先最重要的是——她很脆弱。無論肉體上也好，精神上也好，她都太脆弱了。夏凪渚沒有辦法替代《白日夢》。她無法繼承《名偵探》的遺志。

不過我索性認為，這樣其實也好。

與其半吊子地介入這邊的世界，不如待在遙遠的世界當個普通的高中女生要好得多了。這同時也是將自己心臟捐獻給她的《白日夢》當初的心願。因此，我讓夏凪渚恢復成了一般人。

……縱然如此。即便這樣，我之所以會暗中安排讓她去上那間高中，還是因為心中難以捨棄那一絲淡淡的希望。會讓她前往跟那個《特異點》的少年相同的場所，是因為我還不想放棄《名偵探》的遺志。

最終，那兩人相遇了。重逢了。然後出現在我的面前，提出了這樣的委託——希望尋找左胸中那顆心臟原本的主人。偵探的《遺志》變化為《激情》的形狀，回到了我眼前。

然而後來的發展自不用多說，我們起了衝突。我對依然殘留著天真與脆弱的她訓斥，靠所謂的遺志能夠為世界帶來什麼貢獻？甚至試圖與她刀劍相向。

而且就算精神變得再怎麼強韌，若肉體跟不上也毫無意義。再怎麼強韌的《意志》，若沒有足以承受的容器也無法發揮力量。實際上，夏凪渚確實死過了一次。被她自己激烈燃燒的《激情》燒成了灰燼。

就在那時候，我第一次推翻了原本對她的評價。我認同了，夏凪渚是貨真價實的《名偵探》。對於一個最終達成自己使命的人，我認為這是最起碼能夠表達的敬意。然而，夏凪渚又回來了。激情的燈火並沒有熄滅。

她學會了從前另一個自己的戰鬥方式，讓她原本就具備素質的《言靈》能力也獲得成長。就這樣與敵戰鬥、拯救危機，在不自覺中磨練出身為偵探的《意志》——然後此刻，那樣的她站到了我的眼前。

因此我應該對她說的，只有一句話：

「妳變強了。」

一陣風吹過，亂了頭髮。在髮絲的另一側，夏凪渚微微睜大眼睛。

我們並沒有在互相競爭。我也沒有在爭面子的意思。

只是，我必須認輸。

就在今日，《暗殺者》確實被《名偵探》拯救了。

「是這樣嗎……嘿嘿，那要不要握個手呢？」

「少得意忘形。」

我們在稍低的位置輕輕擊掌。

「不過，彼此彼此啦。我下次肯定也會依靠妳的。」

「小心違反《聯邦憲章》被革職啦。」

「啊～印象中好像嚴禁《調律者》之間互相勾結是嗎？雖然說，我覺得那條規定最近也已經淪為形式而已了啦。」

夏凪苦笑著，「不然這樣如何？」地提出下一個提議：

「只是單純以偵探和警察的關係合作。這樣就沒問題了吧？」

「妳越來越會講歪理了……也罷，我會考慮看看。」

雖然還不知道，到了明天我是否還能繼續當個警察就是了。

正當我想著這種事情時……

「在搖。」

地面——或者說這個世界整體在搖蕩。接著……

「夏凪，妳的身體……」

站在眼前的偵探，身體逐漸變得透明。這難道是說……

「原來如此。君塚他們破壞掉了——虛空曆錄。」

夏凪仰望著雙色的天空，小聲呢喃。

那小子果然也有來呀。然後既然說君塚「他們」，表示另一個人應該是夏洛特吧。看來他們兩個人幹下了很不得了的事情。

「虛空曆錄遭到破壞，《系統》整體發生異常，是嗎？所以只靠《意志》來到這地方的你們開始難以保持存在了。」

「嗯，好像是這樣。畢竟我的身體現在實際上是在君塚的病房。」

原來如此，跟親身來到這裡的我不一樣呀。

那也就是說，我接下來必須靠自己的力量從這裡脫逃出去了。真不曉得《黑衣人》有沒有辦法到這種世界的盡頭來接我呢。

「我會等妳！」

下半身已經消失的夏凪大聲主張。

「為了守護這個世界，絕對需要妳的力量……所以說，我先回去在那邊等妳回來！」

「好，我一定回去。」

我點頭回應後，夏凪才稍微放心地帶著微笑消失了。

「好啦，這下怎麼辦？」

首先，我必須從這片荒野回到原本那座像是遺跡的地方才行。但……究竟該往哪個方向、怎麼走才行？我一個人思考起來。

「不對，不是一個人。」

這不是講心理上的意義，而是實際上。在這裡除了我以外還有另一個人。就是到剛才還在上演一場死鬥，最後落敗的正義之鬼。

於是當我準備把視線移向他的時候……

「——嗚！」

腳下的地面忽然崩塌。

果然，《系統》異常了。

彷彿名為地面的檔案一瞬間被刪除似的，失去腳踏之處的我霎時浮在半空中。

然而消失的只有我原本腳下這一塊，伸出手或許可以抓到化為懸崖的地面——

「可能太勉強了吧。」

——但是抓到了。不是地面，而是人的手臂。

我抓著那隻手臂，而那隻手臂也用力把我拉上去。

「妳還好吧？」

在懸崖上，伸出援手救了我的人物如此詢問。

「……沒想到，居然會被快死的你問這種話。」

「哈哈，充滿諷刺的感覺不是很符合我們的風格嗎？」

萊恩・懷特——變回白色軍服打扮的他，看著一臉不滿的我卻笑了起來。還是老樣子教人火大的臉就在我眼前。

「你看起來真慘呀。」

本來應當是正義象徵的男人，現在卻留下巨大的傷痕。是被真正的正義使者砍出來的，不會消失的傷。但他不會死。那個名偵探不可能痛下殺手。

「我不會道歉。」

萊恩坐在地上，視線不看著我如此表示。

「我不會改變我的正義，不會受任何人說服。總有一天你們會明白，其實我才是正確的。」

原來如此。唯有他的這份哲學並沒有受到《暗號(code)》操控。

那麼，這樣也可以。你就貫徹到最後給我看看。

「你隨時來吧。無論幾次我都會阻止你。」

當你成為了《世界之敵》的時候，阻止你想必就是《暗殺者》的使命了。所以，至少在那天到來之前，我——

「——風靡！」

萊恩忽然用身體蓋住我。

一道光乍現。傳來熱度與焦味。**萊恩的頸部噴出鮮血**。

我扭轉身體往回看，有顆小型的球體浮在空中。

「……！該死！」

我立刻舉起唯一帶來的實體槍射擊，將球體擊落到無底深淵中。

「萊恩！」

用手壓著頸部的萊恩宛如靠到我身上似地倒下，從他頸部源源不絕地流出鮮血。是被剛才那個球體發射的光線擦到了。

我趕緊撕破衣服，壓住萊恩嚴重出血的頸部。不管我如何拜託「停下來」，即將損壞的《系統》也不再承認那樣的《意志》了。

「……看來沒有被世界選上的，是我啊。」

萊恩自嘲地呢喃。

「……！你不要講話了。」

「其實，我本來應該在這裡跟亞伯會合的。」

萊恩不聽我的勸告，自顧自地講了起來。

「但是那個男人沒有現身。所以，沒錯。到頭來，我大概也只是那個男人的一枚棋子罷了。搞不好，剛才的攻擊也是……」

……！亞伯在什麼地方操縱程式碼（code）嗎？利用即將損壞的《系統》？

「假若如此，那男人應該是打算用比我更激烈的方式管理這個世界。」

「什麼意思？」

我忍不住詢問。

「亞伯今後恐怕會嘗試復原《系統》，然後開始讓虛空曆錄進化的準備工作……事到如今，這些事情說不定是你們的同伴會比較瞭解。等妳出去後問問看吧。」

好。追捕亞伯本來就是屬於《暗殺者》的使命，我會立刻行動。

「但是，從這裡出去的人不是只有我。你也要一起出去。」

必須跟你問清楚的事情還多得很。

「你要接受的調查可是會很嚴格的，給我做好覺悟。」

「……哈哈，那真恐怖。」

萊恩輕輕一笑後……

「不過，我就到這裡了。」

表示他無法再往前。

「風靡，對不起。」

「道什麼歉。」

你剛才不是自己才說過嗎？你說你的正義沒有錯。

「我對妳出手了。」

「那只是被亞伯的《暗號（code）》操控而已。」

「那我更應該道歉。我對自己的身體迷失於巨惡之中的事情由衷感到羞愧。」

我已經無法再回到你們的世界去了——

萊恩的後腦杓放在我大腿上，已經發青的雙唇如此動著。

「你是白痴嗎？」

我斥責起這樣不爭氣的男人。既然犯了錯就要認錯並贖罪，然後再度為了正義而奮鬥。那不就是你的使命嗎？那不就是你的人生嗎？

「所以說，別在這種地方……」

但是，萊恩搖頭否定。接著……

「可以拜託妳嗎？」

拜託什麼，他沒有說。

「我拒絕。《暗殺者》的使命是為了保全大義而殺害無辜。但你是個罪人——我不殺犯了罪的人，而是要透過法律制裁。」

「這樣啊。那麼妳更要殺了我。如此一來妳就會因為違反《聯邦憲章》而被開除《暗殺者》的職務，妳差不多也該從使命中獲得解放了。」

「……！開什麼玩笑！我……！」

「我不是叫妳別當正義使者，只是妳不適合當《暗殺者》。畢竟妳——太溫柔了。」

才沒有那種事。我這雙手已經染血了好多次。

所以事到如今才講那種話……

「抱歉。」

萊恩用虛弱的聲音第二度道歉。

「應該由我來才對。打從一開始，就應該由我負責那一邊。我和妳，檯面上和下，由誰負責守護哪一邊的世界——當時我們角色應該調換才對。」

不對，全部都是我決定的事情。我覺得這樣就好了。

我沒有感到後悔。從今以後，我依然會為了保護人而殺人——

「風靡。」

萊恩伸出沾血的手觸碰我臉頰。相對地，我的髮梢輕撫他臉頰。

「妳別哭。」

我的淚水滴落在萊恩悲傷扭曲的臉上。

已經十五年沒有哭過了。

「我不是小孩子了。不用為了這種事情為我操心。」

「……是嗎？說得也對。」

沒錯，我們都是大人了。為了少男少女們守護這個世界的大人。

「既然這樣，風靡，我可以對妳說一句嗎？」

不，你別再講話了。

在我如此開口之前，萊恩先說了出來：

「我一直都愛著妳。」

我的身體差點動了。

但是不對。這樣不行。那不是我現在應該做的事情。

我該做的事情，從十五年前就已經決定了。

「哈！你這種謊言騙得了誰？白痴。」

我說著，笑了起來。

結果萊恩似乎很驚訝地，把快要闔上的眼睛又大大睜開。但緊接著，他也跟我

一樣笑了。這是十五年前的那一天，我們未完成的互動。

「萊恩。」

互相笑過一陣後，我叫出這名字。

從前未了的事情結束一椿，接著該輪到完成現在的約定了。

「真正的正義究竟是什麼。我不會滿足於這次的答案，以後還會不斷重問。」

「嗯，總有一天，要實現爭端盡數消失的和平世界。」

我緊握起槍，右手已不再發抖。

在即將崩壞的世界中，響起一聲槍鳴。

【終章】

十一月。世間徹底變得秋意蕩漾，早已進入衣服換季的季節了。

儘管如此，我依然有種莫名跟不上這些變化的感覺。或許是因為我在不久前和這個世界隔離了一段時間的緣故吧。

由於亞伯對我施予的《喪失的記憶》，害我整整三個禮拜以上都失去了意識和感知。我沒有那段期間的記憶。雖然好像有夢見跟某位令人懷念的對象講過話，但除此之外的事情我什麼都不記得。

然而，我還是在某位少女的幫助下睜開眼睛，穿過一道突然出現的神祕之門，看見了據說藉由程式管理著這個地球的，名為管制塔的場所。在那裡，我和夏露又再一次與亞伯交戰——這些就是發生在一個禮拜前的事情。

後來我回到原本的世界（雖然我不知道這樣形容是否正確），總算恢復我的日常生活。話雖如此，但我不曉得自己什麼時候會被某個責任機關出面糾彈。畢竟那一天——我嘗試破壞了虛空曆錄。

這麼做總比讓它被亞伯偷去為非作歹來得好多了——雖然這是我做為《特異點》的直覺所下的判斷……但也難以預料《聯邦政府》的大官們會如何審判。至少就目前來看，這世界感覺並沒有受到什麼大影響就是了。

不管怎麼說，事態有了重大的發展。

可以確定的是，《聯邦政府》必定會以某種形式找我去談話吧。所以趁那之前……雖然也不能這麼說啦，但總之我們久違地舉辦了一場朋友間的小聚會。

提議者是渚，名義上是慶祝我大病初癒。

渚、夏露與諾契絲聚集到我狹窄的破舊公寓房間，齋川也趁工作的空檔來露了個臉。米亞和莉露也透過視訊通話參加，讓今夜成了這個家史上最熱鬧的一晚。雖然說，我好像害這些女生們操了不少心又添了不少麻煩，結果超乎想像地被她們訓了一頓就是了。

我心裡是覺得她們應該可以不用這麼凶啦……但終究輸給了女性陣營的高壓，沒能把這種話講出口。男女比例一對六的局面實在太弱勢了。

這樣一場聚會順利結束後，房間中除了我之外只剩下渚和夏露。

矮桌上是大家吃剩下的火鍋。最後明顯放太多白飯煮成的雜炊燴飯釋放著強烈的存在感。可說是吃火鍋常有的慘況。

「渚，妳不是大胃王嗎？剩下的妳可以全部吃掉喔。」

「這個沒神經的男人！我真的超討厭君彥這種地方。」

渚氣得彷彿古典漫畫般噴著蒸汽，把鍋裡的雜炊完美分成三等份舀到碗中。

「早知道就改加麵了。」

「我不是就這樣說過了嗎？上次吃火鍋的時候也是。」

「有這回事嗎？……哦哦，妳留下來過夜那次啊。」

自從升上大學之後，我們吃火鍋的機會變得莫名多了起來。

畢竟煮起來方便好吃又不用花太多錢，所以我和渚常常從大學回家的路上會一起到超市買材料，像這樣煮火鍋吃。

「總覺得，你們的大學生活會不會過得太糜爛了？」

這時，夏露半瞇著眼睛看向我和渚。

「……我們也沒怎樣呀。只是很普通地會一起吃飯而已呀。反正都要自己煮，一次煮兩人份比較方便而已呀。」

「那為什麼在這個家會有渚的居家服跟卸妝油啦？」

在夏露的追問下，渚變得答不上話，呼呼地開始吹涼雜炊。

妳這樣會顯得更可疑吧？拜託妳好好辯解行不行？

「唉～等妳被大小姐罵了我可不管喔。」

結果夏露用一臉感到傻眼又有點在笑的表情給渚忠告。

——希耶絲塔。本來我還希望今天能夠再多一個人參加。希望她能加入今天的圈子中一起談笑。

「不過，肯定就快了。」

據說在我因為《喪失的暗號》而失去意識的那段期間中，希耶絲塔的手術已經順利結束。也就是將她左胸中那顆被《種》侵蝕的心臟替換為史蒂芬製的人工心臟的大手術。

手術本身進行得很順利——然而希耶絲塔還沒有醒過來。據史蒂芬說，新的心臟需要一段時間慢慢發揮機能並觀察，所以暫時還讓她保持沉睡狀態的樣子。

等到希耶絲塔睜開眼睛的時候，她究竟還是不是從前的她？是否還記得我們的事情？——這些答案都要再過一陣子才能知曉。

「這麼說來，夏露，妳後來有接到風靡小姐的聯絡嗎？」

聽到我這麼問，夏露搖搖頭。

「一次都沒有。說到底，我不認為那個人會跟我聯絡。」

加瀨風靡現在……簡單來說就是下落不明了。

一週前，她確實也到了那個世界。據渚描述，是實際的身體在那地方。

然而在虛空曆錄被破壞後，我和渚由於不得不消失，沒能掌握後來的狀況。夏露是說當她回過神時就在《密佐耶夫聯邦》的大使館了。恐怕是政府派人把她接回來的吧。

可是，沒有一個人知道風靡小姐的下落。以及另一個人物——萊恩・懷特也是。當時不在他們那塊戰場上的我，甚至無權知道發生了什麼故事。

「她說過她一定會回來。」

渚如此表示。她當時直到消失前的最後一刻都在那個世界和加瀨風靡在一起——既然如此，就相信吧。相信《名偵探》的話。相信《暗殺者》的正義。

「說到消失的存在，亞伯也是呢。」

夏露回想著當時的狀況般如此提起。

在那個世界，我雖然暫時壓制了亞伯，然而在破壞虛空曆錄之後，緊接著就不知從何處傳來他的聲音：

『計畫不會就此結束。世界還留有重大的祕密。』

我們還來不及確認這句話的真義，那傢伙就不知消失到哪裡去了。

到頭來，所謂的《虛空曆錄(Akashic records)》原來是能夠將地球上的種種事物如程式般操作的真實——以及代表行使這種事情的系統中樞的詞彙。

然而照亞伯的說法，這世界似乎還有其他祕密。那祕密和他企圖反轉世界的計畫有關聯性嗎？恐怕接下來亞伯會嘗試修復虛空曆錄以及系統——為了達成透過自己的《暗號（code）》管理新世界的野心。

「話說，沒想到守屋教授竟然就是亞伯呢……」

渚因為知道了自己信賴的教授背後的真面目，大受打擊。

一週前，當我們知道守屋的真面目後，回到這邊的世界便立刻向大學詢問。然而，當時「守屋教授」這號人物已經不存在了。

「整個人消失得無影無蹤。我腦袋都要變得奇怪了。」

「是啊，到這種地步簡直就是驚悚片或科幻片啦。」

並不是說調職離開之類的程度，而是彷彿那樣的人物打從一開始就不存在於這個世界上……舉例來說，既沒有他身為催眠師上過電視的痕跡，學生們也都說沒聽過這個人物。在心理學院則是由一名只有我和渚完全不認識的教授代替了他的位子。

「應該是用了暗號吧。」

如果照那傢伙的講法來說，大概就是《忘卻的暗號》。改寫世界的程式，將守屋的存在紀錄全部刪除了。

「話說回來，亞伯在現況下還能辦到這種等級的事情呀。」

夏露對於那異常性不禁嘆息。

這次的敵人，等級實在差太多了。

「也怪不得他能夠創造出《七大罪魔人》這種怪物。」

照亞伯的能力，只要發動《暗號（code）》的準備工作能夠完成，就能輕易顛覆地球上的常識。他能隨心所欲地改寫程式，機械性地改變這個世界的概念。

「不過他既然連守屋這種存在都能自由設定出來，以前為什麼要甚至用上《種》改變自己的樣貌？」

去年夏天左右，我和醒來短短幾週期間的希耶絲塔一起在紐約遇上《怪盜》……也就是和亞伯・A・荀白克見到面時，那傢伙利用源自席德的《種》的力量化身成了佛列茲・史都華。

「也許他當時有想要隱藏自己《暗號》力量的念頭吧？」

渚如此說道。確實是有那種可能性啦，但是……

「有必要為了這種事情特地跟席德交易嗎？」

夏露提出了跟我同樣的疑問。以前《怪盜》和席德進行過一場交易，以《種》做為交換條件幫忙偷出了《聖典》。

「也許對亞伯來說也有其他的好處讓他不惜這麼做吧。侵入米亞的鐘塔偷看《聖典》的好處。例如說……」

渚說著，把視線看過來。我嗎……

「哦哦，以前我在巫女的鐘塔見過一本名叫 Singularity 的《聖典》。亞伯或許就是偷看了那個。」

雖然前提是他真的從那時候就已經對《特異點》抱有警戒就是了。

「但是等等。那亞伯還是沒有必要跟席德進行那麼麻煩的交易，他自己就能輕易偷走《聖典》了吧？又回到跟剛才一樣的問題了。」

「不，夏露。關於這點我想妳也應該知道，《聖典》通常是連《聯邦政府》的人都不能出手的禁忌道具。這恐怕不只是表面上的規定而已，應該是《系統》訂定出來的嚴格規則吧。」

因此即便是亞伯也沒辦法輕易對《聖典》出手，所以他才想到了利用席德的手法。

「妳們記不記得？以前希耶絲塔和米亞策劃過故意讓《聖典》被偷走。那是為了欺瞞席德進而改變未來的一種陷阱……而對於亞伯來說，他必須要有這樣的理論。亞伯知道只要有理論，就能夠騙過《系統》。」

亞伯總是把犯罪計畫（程式）設計得很嚴密。正確的理論，去除矛盾的邏輯，以及沒有破綻的故事——這些都是符合《系統》喜好的東西。在這些前提下，亞伯就能透過《暗號》惡意利用《系統》。

「現在的亞伯或許就類似駭客的存在吧。」

渚從現況中得出這樣的推論。

「所以之前都一直靠犯罪計畫進行實驗……然後藉由偷走虛空曆錄，試圖成為這個世界正式的管理者。」

「……是啊，到時候那傢伙肯定無所不能了吧。」

例如把《特異點》消除這種事，他下次恐怕一瞬間就能辦到了。

「但是因為我們讓虛空曆錄破損的關係，亞伯的計畫應該也出現了變數。修復《系統》肯定也要花一段時間才對。」

夏露同樣試著如此冷靜分析。當然我們是希望這樣沒錯……但不能輕忽大意。

我為了揮散心中不好的預感，把裝在碗裡的雜炊扒進口中。

「吃飽馬上躺平會變成牛喔。」

結果夏露責備起把坐墊當成枕頭躺下的我。

還用指尖戳戳我的腹部。

「你看，肚子都出來了。」

「那是因為剛吃飽好嗎……呃、喂！不要搔我癢！」

「呵呵，你破綻百出喔。」

我抓住嘻笑的夏露戳我的指頭，但她接著又用另一隻手想戳我側腹部。就在我抱著既然妳想跟我玩摔角我就奉陪到底的想法擺出架勢的時候，渚忽然開口：

「怎麼你們兩個……好像感情變好了？」

現場一瞬間陷入沉默。

「沒啊，哪有那種事？」

我冷靜反駁，並喝起杯裡的可樂。

「你杯子早就空囉？」

是嗎？對欸，我都忘了。

「是渚誤會了啦。我跟這個男人怎麼可能會感情變好？」

「可是夏露看著君彥的眼神，好像比以前溫柔了？」

「虧妳還是個名偵探，觀察力也太差了。比起那種事情，快來吃飯吧。」

「現在已經連最後的飯都吃光光囉？」

兩個人轉移話題的功力都爛透了。

事到如今該說是想不起來了嗎，或者說不應該再去回想了。

總覺得最近我和夏露之間好像發生過什麼讓人臉頰燙到噴火的事情……我忘了。不管別人講什麼，總之我忘了！

我們既沒有牽過手，也沒互道過什麼信賴的話語。今天的我和夏露還是老樣子，是水火不容的關係。

「妳說對吧，夏露。」

我沒有特別說什麼，只是如此尋求同意。她心中肯定想著跟我一樣的事情。

我們短暫地嚴肅相望後，夏露最後笑著表示：

「是呀，我最討厭你了。」

如此直白的罵人話語卻聽起來一點都不像在罵人，也是奇事一件。

「話說，如果真要講這話題，有件事我也感到很在意喔？」

夏露說著，半瞇眼睛瞪向我們……也就是我和渚。

「你們究竟什麼時候開始互相叫對方的名字了？」

從夏凪改叫成渚。從君塚改叫成君彥。

聽到這個直搗核心的問題，這次換成渚和我面面相覷了。

「……呃～這個嘛……」

「……是、是祕密。」

對於我和渚的回答，夏露做出的審判是：

「看來今晚有得講囉？」

我們最終輸給特務釋放的壓力，只好說起一週前發生的事情了。

【1week ago Nagisa】

「君塚，你在看什麼呢？」

我幫花瓶換了水回到病房，看見君塚坐在床上眺望著窗外。

到剛剛他的臉應該還朝著正前方，所以似乎是他自己把頭轉向窗戶的。因此現在他的並非所謂的植物人狀態。而且他眼睛也睜開著。

只是那雙眼眸沒有在看任何東西，當然也不會回應我的問題。看似在眺望窗外的動作或許也只是他還殘留著身為人不自覺中的習慣罷了。

「已經是徹底入秋的雲朵了呀。」

君塚由於《喪失的暗號》變成這樣後已經過了三個多禮拜，至今依然沒有明顯的變化。

「大學下學期的課程都開始了。你再不來上課就拿不到學分囉？」

即使知道不會有回應，我依然單方面地對他說話。

莉露說過——我的《言靈》能夠傳遞到對方全身的細胞。米亞說過——自古以來扮演特別角色的《名偵探》累積下來的因果現在都聚集在我身上。小唯向我委託過——不是委託其他任何人，而是委託我，救救君塚。

所以說……

「必須由我來做才行。」

然而，光只是像這樣對他講話或許還不行……需要想想看有什麼辦法。夏露跟風靡小姐都變得聯絡不到人了。她們想必都按照自己的想法展開行動，正前往達成自己的使命。沒有時間讓我們繼續悠哉了。

我輕輕深呼吸一口，注視君塚的側臉。他依然眺望著窗外。於是我也學他把視線移向窗戶，看見在一片藍天中有個小小的飛機影子。

「你在看那個嗎？」

這麼說來，他昨天也是在這個時間這麼做。儘管雙眼無神，卻依然仰望天空。

「——原來如此。你是想要回到那個地方呀。」

他並非因為人類不自覺中的習慣而望向窗外。而是身為偵探助手，到現在眼中依然追逐著那一日的天空。仰望一萬公尺的高空——

「對了，君塚，你……」

君塚並不是光等待別人救援的委託人。

無論何時，他總是在探求著唯一一條能夠讓我們所有人都幸福的結局(路線)——那就是君塚君彥的《意志》。

「你等我一下喔！」

我忍不住奔出病房，差點跟某個人迎面撞上。

「對不起……呃，諾契絲？」

臉蛋和希耶絲塔一模一樣的女僕少女。她手中抱著紙袋，裝有君塚的換穿衣物。

「渚，妳這麼急著是要去哪裡？」

「呃～我也要去換衣服！」

具體上要換什麼衣服——我丟臉得講不出口就是了。

諾契絲一開始還愣臉歪頭，但接著微微揚起嘴角。

「雖然我搞不太懂，不過妳臉色不錯呢。」

「妳也是喔！」

我請諾契絲暫時代替我當陪君塚講話的對象，自己則是趕回家中。

在玄關匆匆忙忙脫下鞋子，一直線衝向衣櫃。我想找的東西就靜靜地收在衣櫃最深處。

「還好我有留下來。」

趕緊拿了要拿的東西後……我又另外抓起一項重要的東西，趕回醫院。

回到病房，君塚依然坐在床上朝著正面。諾契絲或許是從我的態度察覺出什麼，已經不在這裡了。於是我拉起病房裡的布簾隔間，開始換衣服。

我從家裡衣櫃拿來的東西，是我的高中制服。

夏季穿的那套水手服——我的體型跟那時候沒有太多變化，姑且可以穿得起來。可是……

「怎、怎麼覺得好害羞呀。」

明明到去年都還穿得很正常的……應該還不會有 Cosplay 的感覺吧？

為了保險起見，我拿起小鏡子看看自己。

「會不會有點太拚命了？」

跑得氣喘吁吁，還穿上高中制服搞得臉這麼紅。忘了是什麼時候，夏露以前好像也對我感到奇怪的樣子，問我為什麼要為了君塚會變得這麼拚命。

「因為是同伴。因為是工作伙伴。因為是同學。因為是助手。還有……」

因為我喜歡君塚。

我沒有講出口，因為我不想要萬一被什麼人聽見。只要我自己知道這件事就好。

「嗯～要綁馬尾果然有點不夠呢。」

看著鏡子中的自己，我用手指撥弄起還嫌有點短的頭髮。

「算了，這種程度就原諒我吧。」

用約定的紅色緞帶緊緊束起頭髮還有精神之類各種東西後，我拉開布簾。

君塚還是像剛才一樣坐在床上。什麼也沒看，什麼也沒聽。我一步一步地走向那樣失去熱忱的他，開口詢問：

「你就是名偵探嗎？」

沒有回應。那也是當然的。既然這樣……

「不要都不講話，快回答我。你就是傳聞中的名偵探──君塚君彥嗎？」

我一把抓起他的胸襟。

雖然這不是對一個病人該有的行為。但畢竟這就是我們兩個人……在那個放學後的教室中邂逅的情節。

然而，他果然還是沒有回應。我記得那時候君塚是說「妳認錯人了。」然後作勢要離開對吧？結果我對那樣的你感到火大起來……一方面也在左胸中的心臟催使下，用力拉近距離威脅道：

「要是你敢無視我的質問，我就會毫不留情地……」

對，我記得就像這樣——

「親你的嘴巴喔。」

沒有啦，開開玩笑而已。我輕輕咳了一下喉嚨，再重新注視君塚。

「就算君塚假設變得認不出我來了，我依然不管幾次都會跟你重新邂逅。」

就像我們決定好萬一希耶絲塔手術後醒來遺忘了全部的時候要做的那樣。我會把偵探與助手的相遇一次又一次說給你聽，一次又一次重現給你看。

偵探與助手間，有過各式各樣的邂逅。

例如在警察局，白銀月華和君塚的相遇；後來在一萬公尺的高空中，希耶絲塔與君塚的相遇；或是在倫敦，曾是代理偵探的愛莉西亞與君塚的相遇。這些對於君塚來說想必都是具有意義的往事。我如此深信著。

不過，我選擇的邂逅還是這個。不與前任做比較，也不是以代理偵探的身分，而是對現在真正成為名偵探的自己抱著驕傲，把右手伸向君塚。

相信著以前沒能好好講出口的這句話，能夠化為必定實現的言靈。

「我說，君塚——來當我的助手吧。」

好長、好長的一段寂靜。

我等待著、等待著、持續等待。變得有一點點害怕，忍不住把視線往下移。微風吹過，視野角落看見窗簾輕輕搖蕩。

「妳……叫什麼名字？」

我聽見聲音，但是不能抬起頭。

心中百感交集，還沒辦法把頭抬起來。五秒後，十秒後，我鼓起勇氣看向聲音傳來的方向，看向他的臉。似乎感到奇怪，又好像期待著什麼事情。臉上帶著這種表情的青年——君塚君彥就在我眼前。我壓抑著自己衝動的心情，慎思話語。

「我的名字……」

輕吸一口氣。稍微停止呼吸。終究忍不住看了地板一下。

千言萬語在腦中浮現又消失，想到最後還是只有這個回答。

因此我努力抬起頭，帶著笑臉回應：

「我的名字叫——渚！」

夏凪渚！——抬頭挺胸，說出了名偵探（我）的名字。

霎時，君塚驚訝地睜大眼睛。

「——是嗎？」

彷彿感到接受。又或者搞不好是明白了一切。回想起一切似的。

他露出柔和的微笑，接著說道：

「那麼，以後我就叫妳渚吧。」

【贈自未來的終章】

「以上就是我這次回想起的全部了。」

在廢墟幾乎崩塌的入口附近，我坐在階梯上深深吐出一口氣。為了講完這段漫長的故事，我們陸續移動了好幾次場所，現在來到的是遼闊的夜空底下。

「《怪盜》亞伯・A(亞森)・荀白克——那就是助手們那段時期的敵人……」

希耶絲塔像在進行回顧般呢喃。雖然我們至今透過《聖遺具》已經逐漸回想起那個存在，不過經由這次變得更加鮮明了。

「我們果然是被那傢伙盜走了記憶嗎？」

不只是記憶，還有這個世界上的紀錄也是。難道是藉由亞伯大規模的《忘卻的暗號》，讓一切都喪失的嗎？

「可是助手，假如是這樣，就代表亞伯依然活著的可能性非常高囉。」

「……是啊。也許我們最終沒能把那傢伙徹底討伐吧。」

在這次恢復的記憶中，最後預言了亞伯的再臨。

後來究竟發生了什麼事？……我們應該有交戰過。這點我記得。從我腦中消失的終究只是《怪盜》、《虛空曆錄（Akashic records）》、《特異點》這類的詞彙而已。

然而，欠缺關鍵資料的紀錄（log）以記憶來說不夠充分。我在真正的意義上還不記得後來與亞伯之間發生的決鬥。

「…………」

我把視線望向從剛才就一個人默默不講話的人物。

加瀨風靡——在那片世界的盡頭，她最後究竟做了什麼事。我是在今天第一次知道了這件事。不得已下知道了這件事。

難道說，她這大約一年來是抱著那份罪惡感關在牢獄中的嗎？《聯邦政府》對她判下的是真假不明的叛國罪，但或許對加瀨風靡來說那種事情根本無關緊要。她只是想要對這件不為人知中犯下的罪最起碼花上一年的時間贖罪嗎？

……不過，我沒有開口詢問。

偵探與助手的任務是驗證假說。敘述幻想的工作只要交給小說家就行了。至少在她還沒親自開口提起這件事情之前。

「世界的角落也不差嘛。」

風靡小姐吐著菸草的白煙，仰望夜空。

在這種鄉下地方既沒高樓大廈也沒燈光，取而代之的是滿天繁星。

「我們此刻在這裡。」

希耶絲塔同樣望著上空說道。

「腳踏溼濘的大地，乘船航行於洶湧的海上，搭機飛行於接近那片繁星的一萬公尺高空。但不管在哪裡，我們終究在地圖之中。無論何時，都活在這裡。」

是啊，沒錯。我們不是在改寫地圖，而是走在地圖之中。

當時也好，現在也罷，我們一直都在持續冒險。

「助手，你電話在響喔。」

「嗯？哦哦，我沒發現。」

顯示在畫面上的名字是夏凪渚。米亞大概也在一起吧。

我按下通話鈕，並切換成擴音模式。

『喂？君彥？你說找到了那個人是真的嗎？』

「是啊，她在一旁很享受地抽著菸。」

我朝風靡小姐瞥了一眼，結果她一副事不關己地把臉別開。

「另外也有找到《聖遺具》，讓過去的事情有了些進展。等一下我寄信跟妳講……妳先做好各種覺悟吧。」

『……這樣呀。不過其實我們這邊也發生了一點事情，所以才打電話給你的。

稍微換人講一下囉。』

結果，渚不知把電話交給了什麼人。

接著從通話中傳來的，是令人莫名懷念的男人聲音：

『久違啦。』

「這聲音是……大神？」

不會錯。是前《執行人》──大神。

我記得最後一次見面……是一年多前了。

「你在哪裡做什麼啊？」

『不值一提啦。反正是個沒手臂的傢伙了。』

大神在電話中如此自嘲。印象中史蒂芬應該有為他準備了義肢，至少日常生活上應該沒有問題才對。

「你現在在做什麼？」

『退了休被調到閒職啦，當個輕鬆愜意的無事官僚。』

「唉，你撒謊技巧真爛。」

一瞬間的沉默後，大神問了一句：『為何你會這麼想？』

「公安警察通常不會公開自己的身分。你肯定是回去當公安了吧？」

『……看來對你隱瞞也沒意義了。』

大神輕輕苦笑一下，接著說道：

『畢竟就算沒有了《世界危機》，公安的工作也不會消失。』

「你要回去當公安我是無所謂，但既然這樣你現在為何會出現在渚身邊？」

『那當然是因為名偵探叫我來的。』

「為什麼那邊的關係沒有斷啦？」

那兩人原來還有在聯絡啊……

「助手，你沒有權利束縛渚的異性關係喔。」

被希耶絲塔如此冷靜吐槽，我只好輕咳一下喉嚨。

『抱歉，大神先生。換給我一下。』

從電話中又傳來渚的聲音。

『其實大神先生好像對夏露的下落有些頭緒的樣子。』

「……什麼？真的嗎？」

目前，夏洛特依然行蹤不明。既然她沒有和風靡小姐在一起，我本來以為已經沒有線索可循了……沒想到大神居然會有頭緒。

『聽說之前有個恐怖組織被列入公安警察的監視對象，而夏露就在那個成員之中的可能性很高的樣子。大神先生因為注意到這點，才跟我聯絡的。』

「夏露在當恐怖組織的成員……？」

不只是我，連希耶絲塔和風靡小姐也皺起眉頭。

這到底是怎麼回事？

我們本來還推測她行蹤不明的原因可能和《聯邦政府》有關係地說。

「雖然也可以解讀成是向政府展開對抗行動的一環就是了。」

風靡小姐吐著白煙如此考據。確實是不能忽略那樣的可能性啦……

「但如果是那樣，我覺得她應該會跟我們聯絡一聲才對。假如她是被誰抓住無法聯絡我就不曉得了。」

希耶絲塔也提出有道理的推論。然而就現況來說，這些都是空談。

『我們想說接下來跟大神先生再問一些更詳細的內容，探索看看夏露的動向。』

「好吧，就這樣。那我們……」

我們這邊該怎麼做？欠缺的記憶還剩下一點，恐怕最後的片段還藏在什麼地方。要再去尋找新的《聖遺具》嗎？那麼又該去哪裡尋找……

『剛剛我在夢中看到了。』

電話換到了米亞手中。

『雖然只是片段性的東西，不過在夢中浮現了幾個畫面。有三個祭祀道具、大塊的石板、上鎖的門以及浮在空中的三角錐物體——有想到什麼嗎？君彥，你們這次找回的記憶中，有沒有什麼和這些東西有關聯性的……』

「……有，確實有。原來是這麼一回事。」

浮在空中的三角錐物體。和我們至今收集到的《聖遺具》相同形狀的那東西，就是號稱能夠從外部管理這個世界的《系統》。而據說能透過程式支配一切的那個場所就在——

「——最後一段喪失的紀錄，就在那個管制塔。」

我和希耶絲塔對上眼睛，互相點頭。這下決定我們接下來該採取的行動了。

『我們一定會把夏露帶回來。』

從電話中又再度傳來渚的聲音。

『所以君彥你們……！』

「好，交給我們。」

讓我們踏上找回《大災禍》之記憶的最後一趟旅程吧。

偵探已經，死了。

得知了虛空曆錄的真面目後，
君塚一行人為了《怪盜》亞伯・A（亞森）・荀白克的下次來襲開始準備。
在《巫女》米亞・惠特洛克的協助下，
理解《特異點》與《名偵探》過去扮演過的角色，
同時尋找對抗亞伯的計策。
就在這過程中，動搖世界的巨大危機
《大災禍》終於出現在預言中——

偵探已經，死了。11

「你一定要回來。」
「好，就在拯救了世界之後。」
這是同伴們與偵探助手之間堅定的承諾。

拯救世界，喚醒睡美人，
達致美好結局的路標。
肯定沒問題。抱著確信，踏上旅途——

國家圖書館出版品預行編目資料

偵探已經，死了。/ 二語十作；陳梵帆譯 . -- 1 版 . -- 臺北市：城邦文化事業股份有限公司尖端出版：英屬蓋曼群島商家庭傳媒股份有限公司城邦分公司發行，2024.07-
冊；　公分
譯自：探偵はもう、死んでいる。
ISBN 978-626-403-030-4（第 10 冊：平裝）

861.57　　113008064

浮文字
偵探已經，死了。10
（原名：探偵はもう、死んでいる。10）

著　者／二語十　繪　者／うみぼうず　譯　者／陳梵帆
執行長／陳君平　美術總監／沙雲佩　國際版權／高子甯、賴瑜妗
榮譽發行人／黃鎮隆　美術編輯／陳聖義　文字校對／施亞蒨
協　理／洪琇菁　執行編輯／石書豪　內文排版／謝青秀

出　版／城邦文化事業股份有限公司 尖端出版
臺北市南港區昆陽街十六號八樓
電話：（〇二）二五〇〇－七六〇〇
傳真：（〇二）二五〇〇－二六八三
E-mail: 7novels@mail2.spp.com.tw
發　行／英屬蓋曼群島商家庭傳媒股份有限公司城邦分公司 尖端出版
臺北市南港區昆陽街十六號八樓
電話：（〇二）二五〇〇－七六〇〇（代表號）
傳真：（〇二）二五〇〇－一九七九
中彰投以北經銷／楨彥有限公司（含宜花東）
電話：（〇二）八九一九－三三六九
傳真：（〇二）八九一四－五五二四
雲嘉經銷／智豐圖書有限公司 嘉義公司
電話：（〇五）二三三－三八五二
傳真：（〇五）二三三－三八六三
客服專線：〇八〇〇－〇二八－〇二八
南部經銷／智豐圖書有限公司 高雄公司
電話：（〇七）三七三－〇〇七九
傳真：（〇七）三七三－〇〇八七
香港經銷／一代匯集
香港九龍旺角塘尾道六十四號龍駒企業大廈十樓 B&D室
電話：（八五二）二七八三－八一〇二
傳真：（八五二）二五八二－一五二九
新馬經銷／城邦（馬新）出版集團 Cite（M）Sdn. Bhd.
E-mail: cite@cite.com.my
法律顧問／王子文律師 元禾法律事務所
台北市羅斯福路三段三十七號十五樓
二〇二四年七月一版一刷

■中文版■

郵購注意事項：
1.填妥劃撥單資料：帳號：50003021戶名：英屬蓋曼群島商家庭傳媒(股)公司城邦分公司。2.通信欄內註明訂購書名與冊數。3.劃撥金額低於500元，請加附掛號郵資50元。如劃撥日起 10～14日，仍未收到書時，請洽劃撥組。劃撥專線TEL：(03)312-4212 ・ FAX：(03)322-4621。E-mail：marketing@spp.com.tw